文芸社セレクション

さよならシアトル

ハン スージ

Susie Han

文芸社

目次

■第1章　転勤命令……4
■第2章　ふたたび日本へ……27
■第3章　業務改革……38
■第4章　新たな挑戦……66
■第5章　ヴォヤージュ……92
■第6章　DNA鑑定……117
■第7章　J&Jデビュー……137
■第8章　妊娠そして水難……154
■第9章　ジュディ誕生と竜神伝説……174
■第10章　生還、そして旅立ち……185

■第1章　転勤命令

バイブレーションの微かな音が何度かした。

ジーウのバッグの中のようだった。帰り支度の最中。でも肝心のバッグの持ち主は部下の相談につかまってデスクを離れていた。デスクの上の固定電話にも着信がある。

少し離れた場所からアレサが叫んだ。

「チーフ！　ニューヨークの支店長からです、取ってください！」

デスクの上を手で示したのと、上の階から下りてきた副支店長がジーウを目にしたのが、ほぼ同時だった。

「オゥ…」

唸りながら右目でアレサを見、左目で手を上げて合図をするカメレオンのような副支店長のコークルを捉えて、ジーウは脱兎の如く走った。アレサに〝ごめん！〟と片手で合図すると、アレサも笑いながら手を振った。

「部長……」

ジーウはカメレオンの目の前に到着した。

カメレオンは、「僕の部屋で話しましょう」と笑みを浮かべた。

エレベータで上へ移動中、コークルは終始和やかに沈黙を守った。ジーウを自室へ招き入れると、やさしくドアを閉めた。ジーウはひとつ大きく深呼吸してから受話器を取って、外線のボタンを押した。

「ハロー、ジーウです」

「やあ！　ワイズです。退社してしまわない内にと思ってね。間に合って良かった」

こんな時、人は直感にたよるべきかもしれない。彼女もそう思ったに違いない。

「私は明日そちらへ戻りますが、月曜の朝9時、私のオフィスへ来れますか？」

「月曜、朝9時、イエス、大丈夫です」ジーウは少し緊張気味に答えた。

「それでは待っています。シアトルは雨だってね。3日後は晴れる筈だからよろしく！　では…」

電話は切れた。目的は何も知らされないまま、半ば狐につままれた体で退室するジーウに、部長が近づいてきて囁く。

「通話時間の短縮が業績のアップにつながるって信じてるんだ」

にっこり笑ってジーウの肩をポンと叩いた。〈この会話が果たして必要なのか……〉

携帯への着信は支店長からだった。

ものの数分。しかも無防備な退社時刻に。支店長は明日戻るにも拘わらずである。ジーウは愛車に乗り込み、駐車場でそのまま暫く考えを巡らせていた。

電話を終えたジーウの脳裏には、〈折り入って相談したいことって何？　支店長がニューヨーク本店に出張したことと何か関係ある？〉等々、色々考えてみたが、〈とにかく、もう帰らなくちゃ〉と気を取り直し、オフィスを後にした。

30階の高層ビルの20階にあるオフィスからエレベータで地下駐車場に降りたジーウは、愛車の真っ赤なＢＭＷをゆっくりと発進させた。


車はシアトル市内にある幼稚園に向かった。しかし引っ張られたゴムがあっという間に戻ってしまうかのように、あの取って付けたように改まった雰囲気が気にかかる。あれは転勤に違いない。カメレオンのあの嬉しさを押し殺したような小憎らしい笑みは？　将来ポストを脅かすかも知れない私がいなくなることへの安堵からか。いやいや、彼はいつだってにこやかだろう。ジーウはそんな後ろ向きの考えはダメだと否定しながら、拳骨で自分の頭を叩いて振り切った。転勤？　大きく外れてはいないだろう。前兆なのか。私に心の準備をさせているのだと自分に言い聞かせた。

ジーウは、車を走らせながら支店長の〈相談したいこと〉がまたもや脳裏に浮かび、〈今考えても仕方ない〉と思いつつも、〈一体何だろう？〉と気になって仕方なかった。

30分ほど走って幼稚園に到着し、駐車場に車を止め、園内に入って行った。

エドワードはお気に入りの保育士とおしゃべりの最中だった。

「僕のママはね、英語、日本語、韓国語が話せて、お馬さんにも乗れるんだよ」

「すごいわね！　早く迎えにきてくれたらいいね」

ジーウの姿を見て保育士の一人が奥にいたエドワードに、

「おしゃべりしてたら、ママがお迎えに来たわよ～」と声をかけると、すでに帰り支度を終えていたエドワードが振り返り、「マミー」と黄色い声を発しながら満面の笑顔で抱きついてきた。ジーウは保育士と二言三言、言葉を交わし、その場を後にした。

「また来週ね!!」

保育士の言葉に送られ、二人は車に乗り込むと、シアトルのダウンタウンにある自宅へと向かった。ジーウのお迎えを待ち焦がれていたエドワードは車中、その日にあった出来事を全て聞かせようと、まるでニュースキャスターのような勢いで話しかけてきた。ジーウもまた、最愛の息子の話に全身全霊を傾け、聞き漏らすまいと相槌を打ちながら、聞き役に徹した。

「マミー、今日は幼稚園で『ドリトル先生』の話をしてくれたんだよ。どんな話かママにも教えてあげるね。ドリトル先生はね、……動物の言葉が分かるんだ」

「えー、すごいね」

「僕も時々、ベランダに来るモッキングバードと話すことができるんだよ。知ってた？　それでね、虎が木の周りをグルグル回っていたら、ドロドロの黄色いバターになっちゃうんだ。ティガーもそうかな？　だから僕、バターが大好きなんだ」

「えー、そうだね〜。ママもエディーと同じ黄色が大好き。ティガーもプーも黄色でしょ」

幼いエドワードの話は、話題がぴょんぴょんとグラスホッパーのようにあちこち飛び回り、それを聴いていたジーウは可愛さの余り、思わずハグしそうになるのをグッとこらえて聞いていた。

「それでね、ママ、エミーちゃんと一緒にドミノを並べていたら、小さい女の子がつまずいて倒れちゃって。もー。それに園長先生がね……」

エドワードは子供ながら、母親と離れている時間の寂しさを取り返そうとするかのように、他愛もない話を次から次へと繰り出し、本能的に母親の愛情を求めるのだった。

30分ほど走って、車はマンションに到着した。20階建ての近代的なタワーマンションで、ジーウ親子は15階の３ＬＤＫに住んでいた。マンションはエドワードが生まれる5年ほど前に購入し、シングルマザーとしての生活を始めたが、マイクロソフトやアマゾンなどの世界的ＩＴ企業を生んだシアトルと言う土地柄もあって、セキュリティーはもちろんのこと、便利さと快適さを追求したモデレートな空間が二人はとても気に入っていた。

マンションに着くとジーウは部屋着に着替え、さっそく夕食の準備に取り掛かり、親子団欒での楽しい夕食が終わると、時刻はもう夜の7時を少し回っていた。エドワードも手伝って二人で後片付けを済ませると、一緒にＴＶを観たり、大人になった時の話をしたりしながら親子水入らずの時間を過ごし、夜9時過ぎには一緒にシャワーを浴び、着替えを済ませた。

　ジーウが、「そろそろ寝ようか?」と言うとエドワードは、

「うん。ベッドであの本の続きを読んで」

「オッケー」

　二人は寝室に行き、エドワードはベッドで横になった。アメリカでは普通、親子の寝室は別々になっていて、〈小さい時から子供の自立心を養うのに役立つかもしれない〉と、ジーウは感じていた。エドワードの枕元で、ジーウは数日前から始めたサン・テグジュペリの『星の王子様』の続きを、小声で朗読し始めた。

　初めのうちエドワードは、「うん、すごいね、どうして?　それから?」など何度も質問していたが、2、3分もしないうちに、スヤスヤ寝息を立て始めたので、ジーウはそっと布団をかけてやり、額に軽くキスをして部屋を出た。

　ジーウはリビングのソファに座り、しばらくTVでニュース番組を観たり、スマホで気になる情報をチェックしたり、一人の解放された自由な時間を過ごしてから寝室に向かい横になった。しばらくぼんやりしていると、ふいに、〈折り入って相談したい〉と言う支店長の言葉が蘇ってきた。〈わざわざ出張中のニューヨーク本店から電話してきたのには何か緊急で重大な要件があるに違いない。一体何だろう?　ここ何年かは特に大きな問題もなく、自分なりに一所懸命努力して、上からもそれなりに評価され、今は女性ファッ

ション部門のチーフを任されるまでになっている。もちろん苦しく、大変な時もあるけど、やりがいもあるし、……〉

ジーウは〈今の環境が変わるようなことでなければいいけど……〉と思うにつけ、不安な気持ちがこみ上げてくるのだった。支店長の言葉を忘れようとすればするほど、それが様々な形で脳裏に浮び、自問自答を繰り返していたが、いつしか眠りへと落ちていった。

そして自分の仕事と直接つながる何かを、はっきりとその時感じた。友人ソフィアの顔が浮かんだ。Cocoを愛し、Cocoに学び、Cocoに殉じ、出産とともに社を去った元同僚、現在もシアトルでの一番の友人、ソフィアが仕事で何かの折に、彼女の存在がひょいと心を掠めるようになったのは、もしかしてシアトルを去ると言うこと、すなわち、この人達から去ると言うことを意味していた。

ストロークが大きくなり、水しぶきが元気よく跳ね上がった。

「〝デザインから入ってはいけない。デザインからじゃない！〟もっと考えろ！」

デザインのことで頭がいっぱいのジーウはプールの縁でしたたか手を打ちつけた。

「痛いっ!!!」

痛みを忘れようと水中でグルグル回りながら手をひとしきり揉んだ。それでも土曜の午前の泳ぎは爽快だった。今朝はジーウの頭の中の混乱も晴れ、元気一杯だ。

「Are you all right?」

お隣のレーンから、笑いながら初老の男が声を掛けてきた。

「Yes, Sir. Fine thank you.」

ジーウも笑いながら返した。そして、勢いよく水から上がると、その見事な肉体美が露わになった。先刻のおじさんが、ニコニコ首を縦に振りながら"Oh Good!!"小さな声で呟いている。その光景を見ながら、奥さんらしき女性がしかめ面をして首を横に振りながら"Oh Dear!!"小さな声を出し、あきれた様子をしている。監視用のチェアの上では、監視員の男も無言でニッコリ。微笑ましいある朝の風景とも言うべきか。

土曜日の午前中は、マンションの最上階にあるスポーツクラブで、親子揃ってのスイミングが習慣のようになっていた。ジーウにとっては日頃の運動不足を解消し、心身ともにリラックスする貴重な時間だったし、エドワードにはしっかりスイミングを覚えて欲しかった。


翌朝の日曜日、目覚めると10月初旬の秋晴れ、良い天気だったので、二人は協力してサンドイッチを作り、自宅から北に車で20分ほどにある市民の憩いの場になっているグリーン・レイクに出掛けた。園内は静かで湖は紅葉し始めた木々を湖面に映し、とても美しかった。ジーウとエドワードは思いつくままおしゃべりしながら公園内を散策して楽しんだが、人々は周囲のトレイルでジョギングやサイクリングをしたり、園内の施設でテニスや野球を楽しんだり、ベンチで本を読んだり、絵を描いたりなど、それぞれ思い思いの時

間を楽しそうに過ごしていた。お昼近くなったので、ジーウが、

「お腹すいた？　ランチにしようか？」

エドワードは、「うん、お腹ペコペコ」

二人は、空いているベンチを見つけ、そこに座って、湖を見ながらサンドイッチを勢いよく頬張った。ランチの後、しばらく休んで、ジーウが「次は何しようか？」と聞くとエドワードは指をさしながら、「あれ、乗りたい」

二人はレンタサイクルを借り、エドワードを先に行かせジーウは数メートル離れて後に続いた。しばらく走るとエドワードが、「マミー、遅いよ」

ジーウは、息子が自分に似て負けず嫌いなのに苦笑しつつも、

「ママの方が速いぞ、すぐに追い付いて抜かしちゃうわよ」

と応じた。二人は、爽やかな秋風を全身に感じ、紅葉を楽しみ、おしゃべりしながらゆっくりとトレイル沿いに湖を一周した。その後、車でシアトルのイーストサイドにあるベルビュースクウェアに移動し、エドワードの服を買ったり、モール内を散策したりしながら時間を過ごした。

途中、エドワードが、大勢の子供が遊んでいるプレイランドを見つけて、

「僕もやりたい」と言うので、キッズコーブで遊ばせている間、ジーウは紙コップのホットコーヒーを飲みながら愛する一人息子が遊ぶ姿を静かに見守った。その後、ハンバーグ・ステーキハウスで夕食を楽しみ、二人は家路についた。

翌日、月曜日の朝、エドワードを幼稚園に届けてから出社したジーウは、9時ちょうどに支店長室のドアをノックした。中に入ると支店長と人事部長が大きなソファに座ってジーウの到着を待っていた。勧められるがまま、対面する形でジーウが正面の席に着くと、支店長が切り出した。

「エドワード君は元気にしてますか？」

「ええ、お陰様で…」

差し障りない話題を二言三言交わしてから本題に入った。

「実はこうして貴女に来てもらったのは、ご相談したい件がありまして」

いよいよ来たかとジーウは緊張のあまり背骨がピーンと伸びるのが自分でも分かった。

「実は、私が、先週ニューヨーク本店に出張したのは、社長からの依頼でした。要件はもちろん、ジーウさんに関することでした」

「えっ、そうなんですか？　どういったご用件でしょうか？」

ジーウの頭に不安がよぎった。

「実は社長は、東京の表参道ヒルズ支店の店舗拡張と業務改革、中でもAR／VRの活用とメタバースを構築してファッション界のGAFAを目指す方針。そして、東南アジア、オセアニアを含めたヘッドクォーターに育てたい意向があるようです。そのため、表参道支店長からは、女性用ファッションの専門家で、マネージメントもできる人材を求められておりました。そして、本店および各支店のこれとおぼしき人材をサーチした結果、ジーウさんに白羽の矢が立ったようです」

ジーウは予想外の話に戸惑ったものの、敢えて落ち着いた様子で応対した。

「何故！　私に？　身に余るお話で、誠に光栄ですが、……。もう少しご説明頂かないと理解できません」

「それはジーウさんの総合的な能力です。これまでの仕事振りや実績はもとより、マーケティング力に加え、なによりも日本での留学経験がおありのため、日本に精通され、日本語も堪能でいらっしゃる、その上、W大学院ではAR／VRを使用した経営学を専攻され、マネージメントにも長けておられるなど、貴女のキャリアが群を抜いて際立っていたからです」支店長は、少し間をおいて続けた。

「他にも理由があります。表参道支店は現在、アメリカと比べて業績が振るわず、新しい能力のある人に将来支店を任せたいという意向が全社の幹部からもあるからです」

「突然のお話で、……正直頭が少し混乱しています」と言うと、
支店長は、「ご尤もです。シアトル支店としても、貴女はなくてはならない人材であることは承知していますが、全社の将来を考えるとそうもいきません。しかしながら、貴女のキャリア形成から考えて、強く反対も出来かねまして、こうして時間を設けた次第です」

「支店長、状況は概ね理解できました。当面の仕事や子供の教育面のことなどもあります

ので、1週間ほど時間をいただけますか」

「もちろんです。社長からも1週間以内に答えをもらうようにと仰せつかっております」

人事部長が口を挟んだ。

「もし、お受けいただけるなら、私どもとしても表参道支店と協力して全面的にサポートさせていただきます。これはシェリボウ全社の問題だからです」

「ありがとうございます」礼を言って、ジーウは支店長室を退室した。

普段通りの業務をそつなくこなしながらも、今朝言われたことが気になって仕方なかった。少し冷静になって先ず思ったのは、〈今の仕事は気に入っているし、やり甲斐もある。上司や同僚との人間関係も良好だ。エドワードと二人の生活も、最初は色々あったけど、今は落ち着いて楽しく暮らしている。それに何よりシアトルと言う街が好きだ。この生活を捨て日本での新しい生活を始めるのは公私ともに不安がないと言えば嘘になる。それに、本当に自分に務まるのだろうか？〉不安の一方で、〈会社が自分のことを評価してくれているのは嬉しいことだし、有難いことだ。新しい職場でもっと自分の能力を発揮して頑張れるかも知れない。会社は自分にまたとない大きなチャンスを与えてくれているのかも知れない〉。様々な想いが交錯し、自問自答を繰り返し、考え、悩んだ。帰宅してからも〈どうしたら良いのだろう？〉と考えるにつけ、一時もその思いが頭を離れず、ベッドに入ってもなかなか寝付けなかった。

次の日、ジーウは学生時代の友達や留学中に知り合った友人など何人かに、状況を話して助言を仰いだ。そんな中、小学時代からの親友でロサンゼルスに住んでいるジーナはこう言った。

「えー、チャンスじゃない。その提案、絶対受けるべきよ。今、受けなきゃあとで後悔するわよ。どうせ人生はチャレンジの連続なんだから！」

と、ただの強気と前向き一本とは言えない人生の真理があった。

一方、シアトルに住んでいる友人の一人ソフィアは、

「シアトルでうまくいっているんだし、わざわざ東京まで行くことないんじゃない。私も寂しくなるし」と、どちらかと言えば現状維持で否定的だった。このように友人からの反応は様々だったが、ジーウは、それらの意見を参考にするというより、自分の中で次第に固まりつつある想いを確認するためだったのかも知れない。ちょうど期限の1週間、考え、悩みぬいた末、

ジーウは会社の提案を受ける決心を固めた。決め手になったのは、〈今の会社に入るに際し、ファッション全般と業界のこと、さらにマネージメントを経験し、将来は自分の店を経営したい〉という希望を持っていたからだ。また4年間の留学生活で日本の文化と生活に触れ、色々思うことがあったが、〈丁寧で、清潔で、優しく、親切で、安全な〉ところが気に入って、是非また生活してみたいという考えに至ったこと、さらにはエドワードの教育という面でもしっかりしたインターナショナルスクールに入れば問題なさそうなこ

と、等々プラス面の方が多かったからだ。

　早朝、出社したジーウは直ちに支店長室に出向き、

「先日の転勤の件、色々考えましたが、お受けすることにいたします。私に務まるかどうか不安ですが、できる限りのことをやらせていただきますので、どうかよろしくお願い致します」支店長はにこにこしながら、

「それは良かった。会社の意向とは言え、快く受諾いただきありがとうございます。社長もお喜びになるでしょう」

　と言って、人事部長を部屋に呼び、

「ジーウさんが東京転勤を受けて下さったので、公私ともに全力でサポートする様、支店長命令とします。赴任時期は３か月後を目途にして、ということでよろしいですか？」

「ええ。結構です」

　人事部長は、

「承知致しました。表参道支店とも連絡を取り合って全力でサポートさせていただきます。詳しいことはこの後、打ち合わせしましょう！」

　ジーウは、

「よろしくお願いします」とだけ答えた。

　ジーウの転勤の件は、その日のうちにシアトル支店の多くの人の知るところとなり、転勤先の東京表参道支店にも速やかに伝えられた。ジーウは、東京転勤が正式に決まったこ

とを友人等に電話やメールで知らせた。

ロサンゼルスのジーナは、「そう。私は、あなたのことだから、きっと東京行きを受けると思っていたわ。頑張ってね」と励ましてくれた。

ジーウが、「ありがとう。あなたにそう言われると元気が出るわ」と答えるとジーナが、「東京へ発つ前にうちに遊びに来ない？　ちょっと見せたいものもあるし、エドワード君にも会いたいな、元気にしてる？」

「元気過ぎて大変よ。ミアちゃんも元気？　大きくなったでしょうね」

ジーナは続けた。

「ねー、しばらく会えないんだから、必ず来てね。色々準備で忙しいでしょうけど、そこを何とかね。夫デビットの三回忌だし、一緒にお墓参りしてくれたら嬉しいな……」

「亡くなってもう2年も経つんだ。早いものね」

ミアの父親デビットは、2年前の飛行機事故で亡くなって、ロス西部のウエストウッドメモリアルパークに埋葬されていた。2エイカーほどのこぢんまりした墓地だが、M・モンローが埋葬されているなど有名な墓地だった。

ジーナが続けた。

「この際、貴女にぜひ言っておきたいこともあるし」

「なによ、かしこまって。いま教えて」

「ひ、み、つ」

「いつもの貴女らしくないわ、水臭いわね」

ジーウは、ジーナのいつもの押しの強さに負けた訳ではないけど、暫くぶりに会ってみたいという気持ちが勝り、

「そうね、何とかやりくりして、来月２週目の金曜から日曜までなら、何とかなりそう」

「分かった。決まり！　往復チケット送るからね」

「そんなー、悪いわ」

「私からの餞別だから是非そうさせて」

言い出したら聞かないジーナの性格を知りすぎるほど知っているジーウは、無駄な抵抗は止め、「じゃー、お願いするわ。ありがとう」

木曜日と金曜日は、通常担当業務をこなしながらも、後任への引継ぎを考えて仕事を整理し直したり、重要事項については漏れのないようメモを取ったり忙しく過ごした。

次の週が始まると、ジーウは人事部の担当者と、転勤に際して公私にわたる具体的な話し合いに入った。ジーウは色々考えたが、〈まずは会社の提案に従ってスタートしてみるのが無難かな〉と思い、会社提案に同意した上で次の点を付け加えた。

「今のマンションのリビングルームにスタインウェイのグランドピアノがあります。これまで私の気分転換にはなくてはならないものなので…。東京でも十分なスペースのリビングルームがあれば嬉しいのですが……」

「分かりました。東京に伝えます。ところで今お持ちのグランドピアノを東京まで送りますか？」

「もちろん、そうしていただけると嬉しいですわ」

ジーウにはピアノへの拘りがあった。スタインウェイの音はクリアーで鮮明な中にも包み込むように柔らかく、華やかでいつもジーウの気持ちを優しく高揚させてくれる友達のような存在だった。東京での住居とエドワードを通わせるインターナショナルスクールに関しては、シアトル支店から表参道支店に、いくつか候補を挙げてもらうよう依頼してくれた。

1か月ほどしてジーウの元に、表参道支店の担当者からリストアップされたマンションとインターナショナルスクールの候補が数件、説明文と画像を添えて送信されてきた。ジーウはそれらを比較検討し、さらにその分野に詳しい東京の何人かの友人にも電話で相談し、六本木ヒルズレジデンスの19階で15畳のリビングルームをもった2ＬＤＫの一室と、西麻布にあるインターナショナル・アカデミーの幼児教育コースに決定し、その旨を東京とシアトルの担当者に連絡した。マンションの入居事務手続きはすべて会社に任せ、インターナショナル・アカデミーの方は申込用紙に必要事項を記入してメールで送った。

3週間ほどして、アカデミーから返信メールがあった。

「申し込みいただきありがとうございます。審査の結果、来年の春からご入学いただけることになりましたのでお知らせ致します。

詳細は東京に来られた時、直接お話しさせていただきます」

ジーウは住居とエドワードの幼稚園が決まり、当面の心配事からひとまず解放された。仕事の引継ぎに関しては、転勤が決まって1か月後に後任が決まったので、早速開始した。外部関係先やお得意様を、後任と一緒に丁寧に訪問することで顧客離れを回避できた。


気が付くとジーナと電話で話した1週間後、エドワードと二人分の往復チケットが送られてきた。翌月2週目の土曜日、ジーウとエドワードはロサンゼルスＬＡＸ空港に降り立った。迎えてくれたジーナと娘のミアは2年ぶりの再会を果たしハグして喜んでくれた。ミアはエドワードと同い年。母親譲りの個性的な目が特徴の少女だった。ジーウとジーナは、お互い相手の子供の成長ぶりに驚き、

「大きくなったわね。あれからたったの2年よ。二人を見てるとなんだか兄妹みたいね。大人になったら、どんな風になるのかしら。結婚させる？」

「それもいいかもね。楽しみだわ」

将来と子供たちの話題だけでも話は尽きなかった。四人は、ジーナの運転するメルセデスに乗り込みジーナの自宅へと向かった。後部座席に座ったエドワードとミア、初めのうちは緊張と照れもあってか、言葉少なめだったが、しばらくすると、子供は子供、さっきまでが嘘のように話し始めたら止まらない。ジーウとジーナの方は積もる話に、一体何から話そうかと頭を巡らせていたが、そうこうするうちに車はビバリーヒルズと対象的な、

ロサンゼルス郊外で海を見下ろす高級住宅地パロスバーデスに到着。ジーナはソウルでジーウの近所に住んでいて、小学時代から無二の親友だったが、お嬢さん育ちのジーウにさらに輪をかけたようなお嬢さんだった。底抜けに明るく、アクティブで何でも前向きに取り組む、人を魅了するキャラの持ち主だった。ジーナは高校卒業と同時に、ロサンゼルス郊外にある、カルアーツの愛称で知られるカリフォルニアG大学に留学、さらに大学院を卒業後、ロサンゼルスのダウンタウンにあるヨーロッパの一流ブランドに就職。ウイメンズを全て任され、輸入から販売まで、超多忙な日々を送っていた。ヨーロッパへの出張も多く、素材選び、パターンからデザインに至るまで多岐にわたる人脈を持っていたが、それればかりではない。彼女は幼い頃から父親の仕事の関係でヨーロッパ各地を転々としていたので、各国の文化にも精通していて、韓国語の他、英語、イタリア語、フランス語、ドイツ語の5か国語を流暢に操る才能にも恵まれていた。ジーナ家に到着後、ジーウとジーナの話は尽きることなく続き、エドワードとミアは兄弟同然はしゃぎまわっていた。しばらく家で寛いだ後、四人は車で山を下り、レドンドビーチに出掛け、海岸を散歩していると、波打ち際近くに何頭かアシカがいた。それを見てエドワードが、両手を使って鳴き声を器用にまねた。

「キュッキュ」

とアシカの鳴き声を真似たのを見て、ミアも真似してみたが上手くいかなかった。

「エディー上手、すごく似てる。どこで習ったの?」

「ママからだよ」仕方なくジーウが真似ると、
さすがと思えるほど似ていたので、皆大笑い。

散歩の後、四人は海岸沿いにあるチャートハウス風の洒落たレストランで、夕日を見ながらシーフードを楽しんだ。久しぶりに飲むミモザがあの頃を懐かしく思い出させ、シーブリーズが更に高揚感を高めた。

その日の夜ジーナが突然、

「エディーのお父さんどうしてる？」

「こないだ仕事でドイツに行ったんだけど、アメリカに帰ってきたかどうかも分からない。まあ、それはどうでもいい話だけど……」

「ところで見せたいものがあると言ってたの、覚えてる？

実は祖父の形見が見つかったの。貴女とよく遊んでいたアトリエから出てきたんだけど、すごく珍しいものらしいの。シェリボウとショネルを合わせた時計よ。馬の蹄鉄をあしらったモダンな形にショネルの斬新な装飾がほどこされた世界で一つの時計だと思うわ」

文字盤にはまるで装飾のような綺麗な刻印で、『友と歩め、永遠の道を』とラテン語で記されていた。また、竜頭にはシェリボウとショネルの頭文字が刻まれていた。後になって分かったが、ジーナの祖父はシェリボウとショネルのトップ二人を知る唯一の友達だった。

ジーウとジーナの二人は、その時、祖父の時計が二人の運命の時を刻むとは知る由もなくじっと見つめていた。

翌日四人は、ジーナの夫、デイビッドの三回忌を迎え、お祈りのためウエストウッドメモリアルパークを訪れた。墓前に花束を捧げ、黙禱して故人を偲び、子供たちは、大人の真似をしていたが、その様子がいかにもあどけなかったので、ジーナたちの涙を誘った。でもジーウが思い出したように言った。

「ところでジーナ、電話で私に話したいことがあるって言ってたわね。すごく気になるんだけど…、教えて」

ジーナは子供たちが離れたところで遊んでいるのを確認してから話し始めた。

「貴女が気づいていたかどうか、分からないけど。実はデイビッドは貴女のことが好きだったの」

「えっ、まさか、そんな⁇　何でまた今頃、私に話すの？」

「だって親友の貴女には女としての真実さえもちゃんと隠さず伝えたかったの。私はデイビッドにずっと好意を持っていたの。でもデイビッドは貴女のことが好きだったので、このままでは勝ち目がないと思ったの。それで急接近して、彼を奪い結婚したの。本当に愛し合っていたのは事実、でもなぜか後ろめたい気がして、スモモ泥棒の借りもあるので、伝えたかったの。でもまさか彼が突然事故で亡くなってしまうなんて……」

ジーウは言葉に詰まった。いかに幼い頃から心を許した親友とはいえ、今は何と言って良いか、言葉が見つからず、ただ無言でジーナと強く抱き合った。

「ありがとうジーナ、私は何も知らず……恋愛に関して、昔から鈍感なの」

「ジーウ、違うの。誤解しないで。私嬉しいの。デイビッドは貴女のような心が綺麗で嘘偽りのない人を好きだったことを本当に誇りに思うの。だから伝えたかったの」

二人はさらに強く抱きしめ合って、涙した。

帰り道、四人はAmazon Go（無人店舗）に立ち寄り、おもちゃを買ったり、ゲームを楽しんだり後、フードコートで食事を済ませて帰宅した。その夜、エドワードとミアが、買ったばかりのおもちゃに夢中になっている間に、ジーウとジーナは、子供時代のことから、仕事のこと、亡くなった人、別れたパートナーのことなど尽きるともない話に時間を忘れておしゃべりに没頭した。

翌朝、四人は車で家を出て開演前のユニバーサル・スタジオ・ハリウッドに着いた。ジーナがあらかじめアーリーエントリーできるエクスプレスチケットをネットで購入していたので、開園15分前に入場して、ハリーポッター・エリアでバタービールを飲み、スタジオツアー、各種アトラクションなどを見て回り、園内の休憩所ではポップコーンを食べながらゆっくり散策するなど、あっという間に楽しい時間が過ぎ、別れの時間がやってきた。

夕方、ロサンゼルス空港でジーナとミアに見送られながら、後ろ髪を引かれる思いでシアトルに戻ってきた。あっという間の平凡だが記憶に残る楽しい3日間の旅だった。こうして、公私ともに超多忙な3か月が過ぎ、ジーウの転勤の日が刻々と迫っていた。

日本に発つ3日前の日曜日には、ジーウとエドワードは、シアトルに住んでいる友人のソフィアとダウンタウンの北にあるシアトル・センター内のチルドレンズ・ミュージアムに出掛けた。ソフィアはW大学院時代の友人で、ジーウより1歳年上だった。ミュージアムには子供サイズの電車、バス、消防車、スーパーマーケット、レストランなどがあり、子供たちには遊びのパラダイスだが、大人も童心に返って一緒に遊べる場所だった。ジーウはエドワードと一緒に無邪気に遊ぶデミアンを見守りながら、〈ここには今まで何回か来ているけど、今度来れるのはいつになるだろうか？〉と、感傷的な気持ちになっていた。

12月下旬の水曜日の正午過ぎ、ジーウとエドワードは数人の友人と会社の人に見送られながら、シアトルタコマ発、成田行きＪＡＬ67便の機上の人となった。

■第２章　ふたたび日本へ

機内でジーウとエドワードは色々な話やパズルやボードゲームを楽しんだ。ボードゲームをしながら、ジーウが考え事で少しぼんやりしていると、エドワードに、

「マミーの番だよ」と急かされ、

「ごめん、ごめん」と謝ることもあったが、遊びが一段落すると、エドワードは、初めて行く日本に好奇心と不安を抱えているようで、ジーウに色々質問してきた。

「ママは日本で４年間過ごしたのでよく分かるんだけど、とても良い所よ。景色はきれいだし、人は親切だし、食べ物も美味しいわ、それに安全だしね」

エドワードは、「そうなんだ」と半ば納得しながらも、「学校で友達できるかな？」と不安を口にしたので、ジーウは、

「大丈夫よ。インターナショナルスクールは世界中からエディーと同じような子供たちがいっぱい来ていて、おしゃべりも全て英語でオッケーよ」

エドワードは少し安心したような表情を浮かべた。

機内ではまず子供用の食事が出され、エドワードは美味しそうに平らげた。食事が終わると、エドワードは『スイッチ』でゲームを始めた。一般の機内食が出され、ジーウが食

べ終わり、しばらくするとエドワードは眠ってしまった。

一人になったジーウは、瞼を閉じ、過ぎし日のシアトルを懐かしく思い出したり、日本での新しい生活と仕事について様々な計画を練ったりしているうちに静かに眠りに落ちていった。眠りに落ちながら脳裏に浮かんだのが可愛がっていた愛馬ジョンとの悲しい別れだった。でも、次の瞬間、不思議なことに愛馬ジョンは、悲しい別れから一転して、ジーウを見守り、その人生を励ます存在へと昇華され夢の中でジーウにエールを送る守護神になっていた。


東京G大でジーウは、専攻分野で4年間みっちり学びながら日本文化を旺盛に吸収しつつ、日常生活を謳歌し、ますます日本が好きになっていった。G大の3年が過ぎる頃、卒業後の進路を考え始めたが、直ぐにファッション関係の業界に身を投じるべきか、あるいは将来自分の店を持って経営をするため大学院に進んで経営学を学ぶべきか悩んだが、最終的には大学院を選び、近年多くの起業家を輩出し、先進的気概に溢れたシアトルにあるW大学経営大学院を志望し、首尾よく合格した。入学後は経営学全般を学ぶとともに、ビジネスや日常生活で不自由しない程度の英語力のマスターにも力を注いだ。そして、経営学の修士課程を無事終了し、アメリカの代表的なファッションブランド、シェリボウのシアトル支店に就職したのだった。

今から思い起こすと不思議なことばかりだが、シェリボウを選んだのは自然の成り行きだった。数ある業種からファッション業界を選び、その中から何故シェリボウなのか？

ジーウですら分からなかった。日本での留学生時代、シェリボウを身につけていたし、好きなブランドの一つではあったが、就職先に選ぶとは考えてもみなかった。後から振り返ると、偶然とは言えジーナの家に遊びに行った時、ジーナの祖父からの形見の時計、馬の蹄鉄をあしらったショネルとの合作を見せてもらったことがある。これは運命なのだろうか？　ジーウの脳裏にいつも無意識に愛馬ジョンの存在があった。それはジーウがどこへ行く時にも必ず一緒にいて、ジーウを守る守護神だった。

ジーウは幼い頃から祖父の勧めで馬術を習い始め、高校に入ると、蹴爪の手入れから蹄鉄交換の手伝いに至るまで馬と毎日を一緒に過ごし、まるで兄妹のように仲良しだった。そんなある日、ジーウが一番手塩に掛けて育てた2歳馬のジョンが練習中の骨折が原因で安楽死を迎えるまでの数日間、ジーウは毎日泣きながら厩舎に通い、ジョンと心を通わせた。何も言わずとも全てが通じ合えた。最後の日、ジョンは美しい真珠のような涙を流し、ジーウに別れを告げた。馬は知能が高い動物であることは理解していたけれど、これほどまでに心を通わせ、一体となった経験をしたことがないジーウは悲しみのあまり、この日を最後に二度と厩舎を訪れることはなかった。

シェリボウ入社後のジーウの仕事は、女性用グッズ、洋服、靴などのファッション製品を対象にした商品企画、デザイナーとの交渉、クライアントの開拓と維持向上などが主だった。一生懸命働き、少しずつではあるが実績を上げ、上司にも認められ社内でのポジションも徐々に上がっていった。

プライベートでは、大学院の同じ研究科で知り合ったアメリカ人青年ハリスと友達以上恋人未満の関係だったが、ジーウが働き始めて3年が経った頃、一人住まいのハリスのマンションを訪れた時、ハリスの情熱に気圧された形で、心ならずも男女の関係になってしまった。そんな関係になって2年ほど経ったある日、それまで一度も外れたことがなく規則的だった生理の周期がピタッとなくなった。まさかと思いつつ、2週間ほど待ってみたが、いっこうに始まる気配はなかった。色々心配になって妊娠検査判定キットを買い求め、検査した結果は「赤」だった。思い当たるのは、約1か月半前のベッドインでちょっとした避妊法のミスをしたことだった。

ジーウはもともと子供が好きでいつかは自分の子供が欲しいと考えていたものの、意図せぬ突然の妊娠に驚き、悩み、苦しんだ。そんな時、ある日のデートでハリスの口から思いがけぬ言葉が発せられた。

「実は、会社からドイツへ転勤命令の打診があったんだ」

驚いたジーウは、

「えっ！　それでいつ行くの？　どのくらいの期間？」

「3か月以内には赴任しないと。通常5年みたいだけど」

「そうなの。それで、あなたは転勤命令を受けるの？」

「うん。受けるしかないかなと……将来のことを考えると」

黙っているジーウに対し、ハリスは続けた。

「それで相談があるんだけど……いっそのこと、僕と結婚してドイツに一緒に来てくれないか？」

「そんな、突然言われても……」

ジーウは言葉を濁した。ハリスは真面目で誠実な好青年で、ジーウにとって良き男友達ではあったものの、結婚相手としてはどこかしっくりこないものを感じていた。まして、もし結婚してドイツに行くとなると、〈今までせっせと積み上げてきたキャリアはどうなってしまうのだろう？〉と考えると二の足を踏まざるを得なかった。また、妊娠したことを告げれば、ハリスはますます結婚を切望し、ジーウに迫るだろう。色々考え、悩んだ末、ＬＡにいる親友ジーナにも相談した結果、〈できた子供は自分一人で育てよう。ジーナも一人で子育てを楽しんでいるし。ハリスには、結婚の意思がないことをはっきり伝え、また子供ができたことも知らせずにおこう。ワシントンの親友ソフィアは逆に彼に事実を言うべきだと言うけど……。もし事実を話したらハリスは結婚をもっと迫るに違いないから〉と決心し、ジーナの提案を受け入れシングルマザーになる決意を固め、自分のキャリアを重視したい旨だけをハリスに伝えた。ハリスはがっかりしたようだったが、ジーウの考えや生き方を尊重し同意した。二人は、〈これからも良い友達でいましょう〉と約束し、ハリスはドイツへと旅立っていった。

シングルマザーとなって、仕事と子育ての両立は大変だったがジーウはこれまでより生き甲斐を感じた。時にはエドワードを連れて出社したことも珍しくなかった。そんな時、会社の同僚や上司は親切に協力してくれるし、色々便宜も図ってくれたことを今でもはっきり覚えている。

エドワードが生まれて1年半くらいたった時、ジーウはしばらくぶりに韓国に里帰りする機会があった。ずっと帰っていなかったし、なにより孫となるエドワードを母親のヨンミに見せたかった。しかしヨンミは、「結婚もしていないのに子供を産むなんて……」と怒っていて、ジーウが、「今の時代、シングルマザーなんて珍しくもないわ。私の周りにも沢山いるし」と反論すると、ヨンミは沈黙したままだった。

そんなことがあって以来、一度も韓国には帰ってなかった。それでも全力で仕事と子育てに励んだ結果、会社でのポジションも確実に上がり、現在では女性ファッション部門のチーフを任されるようになった。

そして、今では入社10年目。6年前には妊娠を確認して生まれてくる子供のためにシアトル・ダウンタウンの高層マンションを購入した。その他にも、祖父の代から父が引継いだ厩舎に係わる土地や権利証、株なども知らないうちに値が跳ね上がり、ジーウの財産の一部になっていた。

そんな、エドワードとシングルマザー、二人の順風満帆な生活をエンジョイしていた矢先の転勤ではあったが、不思議なほど違和感なく受け入れることができたのも愛馬ジョンの導きだろうか。

　今こうして再び日本に向けて旅立とうとしているが、十数年前に東京Ｇ大で学ぶため、希望と一抹の不安を抱き初めて日本を訪れた時のことが、懐かしく思い出された。あの時と違うことと言えば、すでに自分は日本での経験があるのでさほど心配や不安がないこと、あの時は単身だったのに、今は幼い一人息子がいること。日本での生活を始めるに当たり、自分はともかくエドワードが早く新しい環境での生活に慣れ親しんでくれるかが気掛かりだった。

　そうこうしているうちに、エドワードが目を覚ました。ジーウは最近エドワードに少しずつではあるが日本語を教え始めていた。ひらがなとカタカナで書かれたカードを使って、遊びながら言葉を覚えるゲームをしたりしていたが、やがて日付変更線を通過した時、機内放送があった。その直後、急に眠気に襲われ眠ってしまった。どのくらい寝ていたのだろうか、食事を告げる機内放送で目を覚ました。食事を済ませると成田まであと1時間位。ジーウがエドワードに、

「もうすぐ日本よ」

　と、懐かしさと共に昔の情景が思い出され、少し興奮気味に言うと、

「もうすぐなんだ。お母さんが行ったことがある国」と、エドワードも目を輝かせた。

　約10時間半の長いフライトを終えたＪＡＬ67便は薄暮れの成田空港に着陸した。成田空港には、東京本社総務部の担当者が出迎えに来てくれていて、簡単な挨拶を交わした後、

社用車で都内へと向かった。ジーウの荷物はまだ日本に届いてないとのことだが、銀座にホテルを予約してあるので一同銀座へと向かった。

翌日、ジーウとエドワードは、会社の担当者と不動産会社の人に連れられて、新しい住まいとなる六本木ヒルズレジデンスC棟に案内された。二人の新居は閑静な住宅街に位置し、瀟洒な高層マンションの19階2ＬＤＫだった。周りにはちょっとした公園もあり、部屋からの景色も素晴らしかった。ジーウ自身もとても気に入ったが、エドワードも気に入ったようで、

「綺麗だね、ママ、僕ここ好きだよ」

を連発した。シアトルから送った荷物はあと1週間で新天地に到着の予定。

仕事に先立って、まずエドワードの入学を決めなければならず、3日後、ジーウはエドワードを連れて、すでに予約してあった西麻布のインターナショナル・アカデミーを訪れ、担当者から入学についての説明を受け、いくつかの質疑応答の後、契約手続きへと進んだ。

担当者は英語も話せるようだったが、ジーウの日本語が流暢だったこともあり、日本語で対応してくれた。授業は全て基本的には英語で行われ、日本人の帰国子女を始め、数か国からの生徒が学んでいるようだった。エドワードは、外人教師から英語で説明を受け、また実際の授業風景も見学し、納得したようだった。

帰りにジーウが、

「あの学校どう？　気に入った？」と聞くと、エドワードは、「うん、良いね。好きだよ」

この一言でジーウは胸を撫で下ろし、ハイタッチの後、きつくハグした。

赴任後の翌週月曜日の朝、エドワードをインターナショナル・アカデミーにあずけると、『シェリボウ表参道店』に初出社したジーウは、表参道ヒルズの一角に位置するこの2階建ての素敵な自社ビルで決意を新たにする時がきた。まず店長に面会し、一通り説明を聞いた後、主だった幹部に紹介され、店内を案内してもらった。シェリボウ東京のヘッドクォーターは赤坂にあるが、ブランド発信力、旗艦店としては表参道店が主役である。店内の1階と2階は内部エレベータで結ばれていて、1階のコーナーには日本初の『シェリボウコーヒー』がオーガニックコーヒーやケーキ、サンドイッチなどの軽食を提供している。1階はメンズと『シェリボウコーヒー』、2階はウイメンズとチルドレンズのフロア構成だ。またこの店舗では、日本で初のオンデマンドでのカスタマイズサービスを採り入れ、中々の好調ぶりだった。

ジーウに与えられたのは、ウイメンズ部門を統括するマネージャーだった。衣服、バッグ、靴、各種アクセサリーなどの商品企画、デザイナーや縫製、製造者の選択及び交渉、クライアントとの維持、関係性の向上、市場調査、開拓に至るまで、シアトル支店と大差はなかったが、日本最大の旗艦店と言うこともあり、これまで経験したことがないほどモチベーションが高まるのを感じた。

店長からは、

「ジーウさんは経験も実績もおありになる方ですから大いに期待してますよ」

と言われ、「ありがとうございます。皆様へご協力を仰ぎながら全力で頑張りたいと思います」と答えはしたものの、身の引き締まる思いだった。

「アメリカとは色々違う点があるとは思いますが、日本で生活経験がおありなので、大丈夫でしょう」

「はい、多少は分かっているつもりですが。お客様の好みや思考の違いもありますから、……ましてやビジネスとなると」

「そうですね。分からない点は遠慮なく質問いただき、徐々に慣れていってください」

「ありがとうございます。ところで一つご相談が、……」

「何でしょうか？」

「5歳になる息子がいて、インターナショナルスクールに通わせていますが、まだ幼いので、何かとご迷惑をおかけする場合もあるかと」

「エドワード君でしたよね。承知しております。その時は当方でもできるだけサポートをさせていただきますのでご心配なく」

「ありがとうございます。それではよろしくお願いします」

ジーウはシェリボウ東京本社へ赴任の挨拶、表参道スタッフとの打ち合わせ、デザイナーや製造業者、クライアントへの挨拶廻りなどで最初の1週間が瞬く間に過ぎた。

土曜日には、シアトルから送った荷物が到着し、部屋の掃除や片付けに大忙しだった。

日曜日は天気が良かったので、エドワードと東京メトロ半蔵門線と千代田線を乗り継ぎ、代々木公園に出掛け、レンタサイクルで園内を回った。公園には池や噴水もあり、イチョウやヒマラヤ杉に囲まれた中央広場では、イチョウの葉がひらひらと舞い落ち、当たり一面を黄色に染め美しかった。

■第3章　業務改革

新年早々、年頭の挨拶もそこそこに表参道支店では緊張の中、役員会議が開かれていた。着任したばかりのジーウも、レディース部門を統括する役員に任命されていたので出席することになっていた。

会議の冒頭、支店長が、

「皆さん、すでにご存じのこととは思いますが、改めてジーウさんのご紹介をさせていただきます。ジーウさんは、社長の命を受け、シアトルから、このたび当支店に着任されました。ジーウさんにはレディース部門の役員として企画、マーケティング、販売等の業務を統括していただき、且つ役員として経営戦略全般にも参加していただく予定です。それでは、ジーウさんの経歴について、私から簡単にご紹介させていただきますが、……」

と学歴や職歴など紹介した後、

「皆さんご承知のように、現在当社の業績は決して褒められるようなものではありません。ジーウさんには、新しい視点や考え方、アメリカでのご経験に基づき、どんどん新しい風を吹き込んでいただきたいと思っています」と締めくくった。

続いてジーウが挨拶に立った。

「ご紹介いただき、ありがとうございます。私ジーウは……」と簡単に自己紹介した後、「若輩者ですが、皆様のお力添えをいただきながら、一生懸命やらせていただきますので、何卒よろしくお願い申し上げます」と結ぶと拍手が起きた。続いて、役員会は定例の議題に沿って進行した。まず、経理担当役員から、モニターを使用してプレゼン形式での業績報告がなされた。

「このグラフが示すように、ここ1、2年は売上高、利益とも右肩下がりになっています。またこれは、メンズとレディースの部門別、製品別の売上高と利益の推移を示していますが、特にレディース向けの洋服やバッグ類が不調で、それが全体の足を引っ張っています……」

グラフや図表を使って、かなり詳細な報告だったが、要するに全体の業績、特にレディース部門の業績不調を訴えるものだった。このプレゼンに対して他の役員からは、不調の原因や対策に関する意見、提案などが出され白熱した議論が交わされた。

その中で、人事部門の役員からは、

「このまま右肩下がりが続くようなら、人も余ってくるでしょう。そうなればリストラも考えなくてはならなくなります」

との懸念が表明された。色々意見が出たが、〈不採算部門を縮小し、人も減らして利益率を上げるべきでは〉という縮小路線を主張する役員と、〈新機軸を打ち出して事業を拡張すべきでは〉という拡大路線を主張する役員がほぼ拮抗していた。2時間ほど議論やQ

＆Aが続き、司会役の総務部長は、

「それでは時間が来ましたので、今日はこの位にしたいと思います」と皆に告げた後、「支店長、来月のプレゼンテーションはどの部門に致しましょうか？」とお伺いを立てた。どうやら、月1回の役員会で、各役員が順繰りにプレゼンテーションを行い、それに関して協議が行われているようだった。

支店長は、

「そうですね。せっかくジーウさんに来ていただいたので、次回お願いしてはいかがですか？　アメリカでの経験談などを交え、色々お話していただければ……」

総務部長がそれを受けてジーウに、「ではジーウさん、そういうことでお願いできますか」

「承知致しました。できる限りの準備をして臨みたいと思います」と答えた。

ジーウは、表参道支店レディース部門の業績回復と事業立て直しが自分に与えられた使命であること、またそのためにシアトル支店から派遣されてきたということを、役員会の雰囲気からも悟り、さらに身が引き締まる思いだった。それに加え、1か月後の役員会でのプレゼンも控えているため、精力的に動き始めた。社内の諸部門、経理、広報、営業、購買などや社外のデザイナー、製造業者、主要クライアントなどに足を運び、主だった人たちから直接話を聞き、ディスカッションし、関係する情報やデータなどを入手しながら、この機会を利用しつつ、レディース部門が扱っている商品群に関する売上高、利益率、顧客満足度（不満足度）などについて徹底的にポートフォリオ分析を行うとともに、商品別、価格帯別、顧客年齢別、季節別などに分け詳細な調査・分析を行って、現状の業績下降の原因がどこにあるのか、どうすれば右肩下がりを食い止め上昇に転じられるのかを考えた。一方では、アメリカの業務経験で得られた各種データやヨーロッパ・ブランド競合他社の最近の動き、例えば、ZOROやH&Hなど。若者向けに拡販を続ける競合の戦略について皆と話し合い、比較検討する場を設けた。

こうして表参道支店でのジーウの活動が表立ち、その存在が目立つようになってきた。特に女性社員にとって、ジーウの容姿、キャリア、ポジション、私生活は常に羨望の目で見られる余り、時には嫉妬からくる嫌がらせもあった。

ある時、ジーウがトイレに入ろうとすると、中から女性社員のひそひそ話が聞こえてきた。〈ジーウさんは……〉という名前が耳に入り、入り口付近で立ち止まって聞き耳を立ててしまうことも多々あった。


「背が高く、スラッとしていて恰好いいよね」

「そうね、英語と日本語もネイティブ級だし、韓国語はもちろん完璧よね」

「それはそうでしょう。韓国人らしいから」

「はっきりした顔立ちだけど。整形しているのかな」

「昔、東京G大に留学し、その後W大学で経営学の大学院も出た才女みたいよ」

「芸術を極めた後に経営学とは……すごいね。私なんか……」

「シアトル支店でも評判のやり手だったみたい」

「よく映画でみるようなバリバリのキャリアウーマンね」

「性格もきついのかな」

「私が見る限り、そうでもないと思う。むしろ優しいと言うか……」

「ねえ、ねえ、でもシングルマザーって知ってた？」

「えっ、そうなの」

「5歳の息子さんがいるみたい」

「そうなんだ」

「どんなお相手だったのかしら」

「彼を見限って、追い出したとか…」

「まさか」

「でもシングルマザーってカッコ良いよね」

「そうね、私たちもまねしたい〜」

「ははは……」

ジーウが黙って入って行くと、女性社員は軽く会釈し、そそくさと出て行った。ジーウには、亜希子《あきこ》という20代半ばの女性が秘書兼助手として付けられていた。彼女は明るい性格で、よく気が付き、英語も堪能だった。エドワードが通っているアカデミーの終了時刻は通常午後3時までだが6時までは延長ができたので、ジーウの仕事が忙しく、どうしても間に合わない時などは、亜希子に迎えを頼まざるを得ず、そんなこともあろうかと赴任して間もなく、ジーウはエドワードと亜希子の顔合わせも兼ね青山のイタリアンで食事会を持っていた。エドワードは、初めモジモジしていたが、亜希子が英語をしゃべることもあり、次第に打ちとけて、食事が終わる頃にはすっかり仲良しになっていた。

亜希子がエドワードのことを、「可愛いね」すると、エドワードは、

「やった～ハイタッチ！」

とすっかり意気投合した様子で、ジーウは一安心。〈やれやれ、よかった〉と胸を撫で下ろしたのだった。

業務改革に向けての検討が進むにつれ、色々な課題が分かってきた。まずプロダクト・ポートフォリオ分析からは、各象限の製品に対してリソース配分時のメリハリに欠けている点だった。〝金のなる木〟に対しては現状維持に必要十分なレベル、〝負け犬〟に対してはリストラを見据えた大幅な削減、〝花形〟に対しては大きく伸ばすための十分なリソースを投入、〝問題児〟に対しては製品ごとの取捨選択と戦略的・積極的対応などが重要かと思われた。さらに価格帯に関しては、高級路線と低価格路線の2分化を促進すること、また最近の若者の嗜好の変化に柔軟に対応すべきことなどが重要と考えられた。

ジーウが日本に来て3週間ほどたった頃、ロスのジーナから電話があった。

「元気？　エドワード君はどう？　日本の生活になれてきた？」

「元気よ、ありがとう。エディーは、こっちのインターナショナル・アカデミーが気に

入ったみたいで張り切っているわ。日本のことも好きみたい。そっちはどう？　ミアちゃん元気？」

「ミアは相変わらず、元気すぎるくらいよ」

「そう、それは良かった」

「ところで仕事の方はどうなの？　順調？　もう彼ができてたりして…。いないなら私が今度日本に行った時、誰か良い人紹介してあげようか？　ハハハ。前に一度会ったことあるけど覚えてないかしら？」

「え、何が？　全然覚えてないけど、いったい誰のこと？　何の話？　でも私の好みがうるさいことは知ってるでしょ。ハハハ」

「ところで仕事の話だけど、それがね……特に私が担当するレディース部門がこの1年くらい業績が右肩下がりで、株価の低迷にも影響してて大変なんだけど、……」

「そうなの？　でも逆に遣り甲斐があるというか。貴女の頑張り所と言うか。ピンチはチャンスなり、でしょ？」

ジーナは相変わらず、強気で前向きだ。そんなジーナの言葉に励まされたジーウはジーナに聞いてみた。

「たしか貴女、ヨーロッパ・ブランドにも詳しいでしょ。何か助言してくれない？」

「そうねー。最近、若者、特に若い女性の嗜好が変わってきている気がする。派手なものよりどちらかと言えばシックで、値段も手頃で。……。高級なものを長く使うというより、低価格でＴＰＯに合わせて使い分け、しょっちゅうチェンジしていくような……ＺＯＲＯなんかもその例よ」

「ありがとうジーナ。参考になるわ」

ジーウは、社内外の多くの人たちとのミーティングや話し合い、提供されたデータや自分で集めたデータの分析、競合他社の情報などに基づいて、担当部門の業績不振の原因と調査・究明、さらにその対応策などを考えつつ、超多忙な毎日を送っていた。休日は、気分転換とストレス解消を求め、エドワードを連れて明治神宮や砧公園に出掛けたり、著名人や有名アスリートも通うスイミングクラブで汗を流したり、時にはエドワードをそのクラブの幼児クラスに入れ見学会や父母会にも参加するなど人脈づくりにも精力的に動いていた。

役員会のプレゼンの日がやってきた。

ジーウは準備していた通りに臨んだ。レディース部門の業績不振の詳しい現状分析とその理由・原因に対する調査結果、改善に向けての自身の見解と具体的な方策などを、様々なデータを参照・引用しながらビジュアル的に説明した。特に、ポートフォリオ分析に関しては、各商品群への均一なリソース配分を見直し、金のなる木商品へのリソースの一部を花形商品へシフトさせるべきこと、負け犬商品は大ナタを振るって取捨選択してリソースを大幅に削減すべきこと、問題児商品の中でも有望株と思われる商品に対しては、戦略的にリソースを投入して早く花形商品に育て上げることなど経営哲学を駆使した内容だった。そして、マーケットリサーチの観点から、最近の若い女性の好みの変化に対応するため、手頃感があり、シンプルでもお洒落感のある商品の企画・開発の提案、マイナス思考による業務の縮小や人員削減をするのではなく、戦略的な拡張と増員を伴ったプラス思考での業務遂行などが、プレゼンの趣旨だった。

すぐに役員会はジーウのプレゼンテーションに対するディスカッションに移った。

経理担当と人事担当の役員からは、

「レディース部門の業績が低迷、悪化している状況の中で、人員の増強や規模の拡大を図るのは如何なものか？　むしろここは削減案を採って経費節減などによる効率化と利益率向上を目指した方が良いのでは？」

営業担当の役員からは、

「ポートフォリオに関し、リソース配分の変更・重点化を大胆に進めても大丈夫か？　特に金のなる木商品へのリソースを減らすことで、売上に対する悪影響を抑えられるか？　問題児や負け犬商品で取捨選択を断行する場合、そのリスクはいかほどのものか？」

などなど、提案に反対、少なくとも慎重な意見や、マーケティング担当の役員からは、

「最近のお客様、特に若い女性の好みや選択基準に合わせて、商品デザインや価格帯の見直しをする必要があるのではと感じています。女性から見た感性が絶対必要です。その意

味ではジーウさんの提案に賛同します」と賛成の意見も出た。

総じて、ジーウには、役員の約20％が賛成、約30％が反対、そして残りの50％はそのどちらでもなかった。ジーウのプレゼンの内容はどうでも良かったのだ。〈新たに赴任してきたばかりで何も分からないくせに〉とか、〈今までのやり方を簡単に変えられてたまるか〉など彼女の実力とは全く関係がない感情的な対立が内在しているように思われた。

最後に支店長が、「短期間にもかかわらず、よく準備されたプレゼンテーションでした。ジーウさんの考えはよく分かりました。ご提案の内容に関して、すぐに実行に移すのは難しい面もあるでしょうが、可能なことから地道に挑戦・実行していただければと思います。関係役員も意見交換を密にして、できる限り協力してください」と役員会を結んだ。


ジーウは、自分の権限の範囲内で、業務の見直しや変更さらに人員の配置転換などを進めるとともに、関係部署に対してはデータに基づく論理的説明で説得を行い、さらには日本的な〝根回し〟によって、自分の意図する方向へ導くように徐々にではあるが社内の舵取りも始めていた。それでも、相変わらず保守的な姿勢を崩さない人や、〈アメリカから来た生意気な小娘が〉とでも言うようにジーウを見る中高年の男性幹部などもいて、ジーウの考えや、やり方を浸透させるのは容易なことではなかった。しかし地道な努力を重ねて行くうちに、少しずつ社内の雰囲気も変わってきて、ジーウに賛同する人も少しずつ増えてきた。3か月が経った頃くらいから反対の声も徐々に減り、むしろ積極的に賛成する声が目立つようになるにつれ、レディース部門の雰囲気も明るくなり、社員たちに活気が出てきた。それでも経営はそんな甘い夢物語ではなかった。ポートフォリオ分析やリソース投入の配分など小手先のアイデアで簡単に改善できるくらいなら、ジーウを呼ばなくてもすでに誰かがやっていたに違いないレベルであることをジーウも承知していた。いつの世も、どの業界も共通の悩みがある。それはヒット商品を生み出すことである。早い話がレディース部門の落ち込みを劇的に回復するにはそれを上回るヒット商品（金のなる木）を作れば良いのだ。ただそれだけのことである。

ジーウは人事や経理部門に掛け合って人員の増強や業務の戦略的取捨選択などをいっそう進めていた。人事部に対しては特に強気だった。ある日のミーティングでは、人事部長が増員体制を渋るのに対し、

「もうすぐ、半年以内に馬をテーマにした画期的なヒット商品が完成するので、それまでに体制を組んでもらわなければ、顧客対応ができずに大きな損失を招くことになります。その時は私の責任だけでは済まされませんが、それでもよろしければ現状のままで結構です」と強気だった。

〈ジーウは机上の学問ばかりではなく、社内外での交渉術にも長けていたので、関係部署の役員は皆、しぶしぶ従わざるを得なかった。もちろん、やってみないと分からない、最初からギャランティーできるものでは決してないが、愛馬ジョンを失い、失意のどん底にいたあの時と同じように、不思議なほど落ち着き払った自信がそこにはあった。いつも

ジーウを見守り、励ますようにエールが心に届くのだ〉

そんな初夏のある日曜日、ジーウとエドワードは、このあいだ明治神宮へ一緒に初詣した友人シンジャと7歳の長女葉子《ようこ》と連れだって、東京湾を臨むサンセット・シンフォニークルーズに出掛けた。日の出桟橋を出航し、レインボーブリッジと東京ベイブリッジを通過し、お台場、ＴＤＬとＴＤＳ、羽田空港など海上から東京の景色を眺め、食事を楽しむ約2時間のクルーズだ。心地よい潮風を肌で感じながら、ジーウとシンジャは、初詣以来とはいえ久しぶりだったので、積もる話に時間を忘れていた。

「シンジャ！　今、幸せ？」

唐突な質問にシンジャは、

「えっ、急に何？　私は人並みに幸せよ。この間言ったようにシングルマザーになりたい時もそりゃああるけど、言い出したらきりがないでしょ。そういう貴女こそどうなの？　貴女を見てると一人での子育ても楽しそうね。きっとそつなくこなしているんでしょうね。でも彼は欲しいでしょう？　それが普通よ、人間なんだから」

ジーウ、

「私を理解して愛してくれる彼が欲しいけどね。そう思うでしょう？　でも、それが中々うまくいかないのが世の常、人の常っていうでしょ。だからこうして気分転換に貴女を引っ張りだしてクルーズに来てるのよ」

「なんか嬉しい誘いじゃないみたいだけど、私も同感。良い夫に恵まれ、こうして幸せに暮らしてはいるけど、それでも色々あってね。それが世の常、人の常、貴女がいう通りよ」

「でも私たちはまだラッキーな方よね。こうして健康な子供にも恵まれ、たまに会って話し合うことができるんだから」


今ではジーウもシンジャもお互いに子供を持つ親同士、学生時代よりも心が通じ合える仲になっていた。エドワードと葉子は、お互い片言の日本語と英語を交えながら、デッキを走り回ったりして楽しそうに遊んでいた。でもジーウの心の中には何故か冷たい風が吹き抜けていくのを感じた。それが何故かは自分でもよく分からなかった。シンジャに比べて自分がシングルマザーだからなのか？　他に何が？　でも、不思議なことに、いつか分かるような気がしていた。

〈ジーウの予感通り、運命の赤い矢はすでに放たれていたのだった〉

ジーウが統括するレディース部門には、管理職を含め約50人の部下がいた。でもその半数以上はジーウより年長で、約３割は男性だった。赴任して最初の頃、年長の男性社員で特に管理職はジーウに対し、

「アメリカから乗り込んできた韓国生まれの未婚の母が、これまでの我々のやり方を変えようとしたり、否定しようとしたり、なんてけしからん。そもそも、こんな未婚の小娘に

使われるなんて、もってのほかだ」

と言うような感情を抱いていることが分かったし、また同性の部下で年齢が近い社員には、嫉妬や羨望も手伝って、

「遣り手のキャリアウーマンであることは認めるけど、何か裏があるよね。スポンサーでもいるのかしら？　子供の父親って国籍はどこかしら？　まさかアフリカン？　ハハハ。でも、子供は超可愛いらしいよ」

などと言うひそひそ話を何度か耳にしたのだった。そんな状況下にも拘らずジーウは、部下や関係者から徹底的に意見を吸い上げ、耳を傾けつつも自分の考えをしっかり伝える努力をしていた。

その結果、少しずつではあるが職場の雰囲気も変わってきて、一人一人が、感情に流されず明確に示された目標に向かって自分で考えながら職務を遂行できるようになってきた。残る課題はヒット商品を生むだけだった。

実は以前からジーウの中で温めてきたアイデアがあった。それは愛馬ジョンが夢の中でくれたヒント。これまでの小さな一箇所だけの刺繍やプリントとは異なり、ポロで走る馬を大きく、前面や気の利いた箇所に配置した製品づくりだった。ジーウは馬術を通して観察した馬の美しい特性とG大で磨いたデッサン力とそのセンスの良さを生かして、下地となるデザインをすでに描いて用意はしていたものの、あるデザイン会議の席、とある男性社員がいじわるな質問をあびせかけてきた。

「シェリボウスタイルの馬が当社の定番デザインで定着しているのに、どうやってそれ以上のヒット商品がデザインできるのですか？　もしピカソやモネ、ルノアールなど超一流の画家が今も生きていて、描いてもらえるならともかく。経営学で解決できる課題ではないと思いますが……いかがでしょう？」

一人が言い出すともう止まらない。こんどは女性社員から、

「お隣の原宿、ミーハーとちがい、当社の顧客年齢は比較的高いので、馬のデザインを変えただけでヒット商品が生み出せるとは到底思えませんけど……」

こんな風に誰もヒット商品が生み出せるとは思ってなかった。しかし、ジーウにはこれも想定内のシナリオだった。ジーウはあらかじめ用意してきたデザインをみんなに披露することにした。愛馬ジョンが光の中を駆け抜ける流線型の流れるようなイメージをそのままデザインにしてみた。これまでの平面的なデザインと異なり、３Ｄを駆使した誰も見たことがないデザインにみんな驚いてしばらく声が出なかった。

「これはいったいどんな風に描いたのですか？　立体感があって、まるで馬が生きているようだ。走っているみたいだ」

「何、これ、すごい!!　これならいけるかも」

など、今度は口々に賞賛する声に変わっていった。伝統美を守りつつも斬新で人目を引くが、決して派手ではなく、大人から子供まで誰にでも愛される素晴らしいデザインだった。もちろん、レディースの枠を超え、全商品への適用が可能であったが、先ずはレ

ディースから試作に入り、製品化したところ、対象となるアイテムが飛ぶように売れ、在庫確認の問い合わせの電話がひっきりなしに鳴った。

ある男性のお客様からこんな電話があった。

「刺繍がこれまでのスタイルじゃないけど、なんていうかとてもカッコいいんだよ！　こんなのを待っていたんだよ」

常連の貴婦人からは、

「あのお馬さんのお顔とても素敵ね。特に目が。彼よりずっといいわ」

可愛いお嬢さんからも電話が鳴った。

「あのワッペンのお馬さんに会いたいんだけど、会わせてくれる？　にんじんさん、いっぱい持って行くから」

さらにはこんな留守番電話まで、

「わしはめったに自分からは電話せんのじゃが、あの馬の絵を描いた人に会いたいのじゃ。あとで電話してくれ、待っとる。わしはＪＲＡ日本中央競馬会の会長、馬場《ばば》じゃ」

ガチャンと電話が切れる音。電話が混雑していたため、繋がらず留守電になっていたので確認した担当者は真っ青、大慌てでジーウのところに相談に来たので、すぐに会長宅へ電話したところ、後日、会長宅で会食となった。

「わしはこれまで数え切れんほど馬を見てきたが、あんたの描く馬には一番大事な馬の魂が入っておる。だから、生きとるように見えるんじゃ。わしはそれが嬉しかったんじゃ」
会食は終始会長の地響きするよい声の中、無事終わりジーウたちは政界にも通じる大物の味方を得た。

このように馬に関係する問い合わせだけでも、毎日何百件、デザインの著作権や新しい仕事のオファーなどを含めると毎日何千件にもなったので、専用のカスタマーサービスを五名置いて対応しなければならないほどだった。

こうして1年も経つ頃になると、メンズを含む全部門での売上が大幅に向上する中、レディース部門の売上・粗利益は顕著に右肩上がりになり、全社の株価にも大きく良い影響を与えた。お陰でレディース部門の人員の増強や広告費の増加などの決済がすぐ下りるようになり、また若い女性向きの洋服やバッグで、これまで問題児だった商品の大半が花形商品に転化できる状況になった。また、ポートフォリオで負け犬だった製品の取捨選択を取り止め、社内アンケートやユーザからの直接の意見を参考に製品づくりに努めた。
このような努力が実って、2年後にはレディース部門は表参道支店の中で一番の稼ぎ頭となり、ジーウに対する評価もこれまでとは一転、うなぎのぼりに上がった。赴任後、ジーウにも少し余裕が生まれ、祝祭日には、エドワードを伴って、時には友人やその子供を誘って、三浦半島や箱根、東京ディズニーランド・ディズニーシーなど行きたいところへ好きに出掛けた。ジーウが東京に来て3年くらい経った7月に、ジーウの強い誘いもあってジーナがミアを連れて日本にやってきた。ジーウとジーナの二組の親子は、色んなところに出掛けたが、中でも、古都、京都・奈良への旅行はほんとに楽しかった。ジーナが急に、

「私、京都で舞子さんになって遊びたいし、奈良では大仏さんの手のひらで舞妓ダンスをしてやる」

などジーウを困らせるリクエストばかり。仕方なく、ジーウは知り合いの僧侶と若女将に頼んで、できる限りのリクエストにこたえようとした。京都では、花見小路の有名お茶屋の若女将が熱烈なシェリボウのファンだったので、知り合いの置屋さんで舞妓さんの着物を着つけてもらい、有名甘味処で葛きりをズルズル、ツルツルと周りの注目を浴びるほど大きな音で食べていると、

「あれ、みてみ。変な舞妓さんやで〜。外人さんやし、しゃーないんちゃうか。でもほんま面白い人たちやな。こんなん見たことないわ」

と噂されていることなど物ともせず、ジーナは舞妓さんを思いのほか楽しんでいた。そんなジーナを見ていたミアが、

「お母さんばかり綺麗になってずるい。私もKIMONOを着てみたい。エドワードは？」

覚えたての着物という言葉を口にすると、エドワードも、

「僕も着たい」

と同調した。ジーウは仕方なく、前に子供用の貸付着物衣装の店が祇園にあるのを聞いていたので、スマホで確かめて行ってみることにした。


ミアとエドワードは、着物を着せてもらって、

「どう？　かっこいい？　サムライみたいだろう」

と自慢げにポーズを取ったり、写真を撮ったりした。ジーウとジーナもそんな子供たちを見て、嬉しそうに目を細め合った。

その後、小一時間ほど祇園界隈を着物姿で歩き、楽しんだ後、タクシーでいざ奈良へ。奈良では、これまた知り合いの僧侶の紹介でレプリカの大仏の手のひらに特別に上がることができたので、ジーナはもう有頂天。

「私、大仏さんの彼女よ。大仏さんもすごく喜んではるでしょう？」

と英語と日本語で楽しそうに喋りながら、日本舞踊を踊りだしたので皆びっくり。まさか踊れるとは思わず、これにはジーウも言葉を失っていたが、よく考えてみると、ジーナのご先祖様には日本との血縁者が沢山いて、たしか叔母さんが踊りの有名な名取りだったことを思いだした。ジーナの遊び熱もそろそろ冷め、四人が宿のある京都に戻ったのは、ちょうど夕刻だった。障子を通してこぼれる光がまるで繭のなかにいるような錯覚に陥るほど柔らかい白い光に包まれた部屋だった。

田原屋は洋の東西を問わず、時代をも超える時空間の世界を各界の要人に提供してきた由緒ある旅館だった。疲れた身体を湯船で癒した後は楽しみにしていた京懐石で舌鼓を打

つだけ。二人が部屋で料理を待っていた時、料理長が入ってきて料理の説明をしてくれた。

「懐石料理の一品一品はまるで人と人の出会いのようなものです。同じ料理は二度と作れません。人との出会いも同じです。日本語では一期一会と言います。私はこの言葉がとても好きです」

一通りお品書きを説明してもらった後、料理長は静かに退室したが、ジーウはその時、何か新しい出会いの予感を感じていた。


四人が東京に戻った次の日の夕方、ジーナがあらかじめ予約してあった青山のイタリアンレストランで食事をすることになった。

京都・奈良旅行は全てジーウによる計画だったが、今回のディナーは全てジーナが用意したものだった。ジーナがレストランの受付で名前を告げると、フロント係が、

「大人三名、子供二名でご予約されたジーナ様ですね。お待ちしていました」

「ええ、そうです」

とジーナが答えたので、ジーウは一瞬〈えっ、四人じゃないの〉とちょっと変な気がしたが、ジーナはそれには答えず。

すると、四人がテーブルに案内された席は、確かに五人でセッティングされていたので、さすがに、ジーウも、

「私たち四人じゃないの？」と聞くと、

ジーナはまた悪戯っぽい笑顔を浮かべながら、

「そうよ、私たちは四人よ。それがどうかした？」

今度は不敵な笑みを浮かべているではないか。

ジーナが、

「そんなことどうでもいいから。ここは全て私に任せて頂戴！」

と言うので、ジーウは仕方なく黙った。

すると、四人が席について2、3分経った頃、一人の男性が四人の方に向かってくるではないか。ジーウが呆れた顔をして、なかばジーナのたくらみに気が付いたが、時すでに遅し。ジーナが満面の笑みでジーウを見ているではないか。

ジーウが、

「ジーナ、ほんと、貴女っていう人は昔から、いつもこうなんだから」

するとジーナがお返しに、

「貴女の方こそ、スマートなくせにいつも簡単にだまされるんだから、でもそんな貴女は私の世界一の親友よ！」

ジーウ、

「どうしたのよ。急にほめて！　その手には乗らないわよ」

ジーナ、

「覚えてる？　あの時のスモモ泥棒と同じだわ。私の計画をすぐに信じて一緒に実行してくれたわよね。でも、そんな貴女を私は世界中の誰よりも信じているわ。

貴女、あの時の怖いおばさんに捕まって、お父さんにスモモを盗んだことがばれたのに、それでも私の名前を誰にも言わなかったでしょ」。

ジーウ、

「あの状況で言える訳ないでしょ」

ジーナ、

「だから、今日はあの時のちょっとした恩返しのつもりよ。はははは」

ジーウ、

「何が恩返しよ？　いったい何の話？」

男はジーナとジーウの傍らに立ったまま、この二人の奇妙な会話を静かに笑顔で制止することもなく、楽しそうに聴いていた。

ジーウがふっと気が付いて、ジーナに目配せすると、ジーナが、

「なんだ。ダニエル居たの！　早いじゃない。待った？」

ダニエルが、

「さっきから横にずっといたけど、楽しそうに話してたから……」

ジーウは今にも吹き出しそうなくらい可笑しく、笑いをこらえていたがとうとう我慢できず笑い出すと、ジーナとダニエルもそれに続き、三人で爆笑。ダニエルが、

「さっきのスモモ泥棒の話の続きをもっと詳しく教えてもらえないかな？」

ジーナが、

「何を言ってるの。10年早いわよ。これは私たちだけの秘密。貴方、レディーの話を盗み聞きした罪は重いわよ。（笑）ところで、紹介するわね。こちらはダニエルよ」

ジーウ、

「さっき、貴女が大きな声でそう呼んだの聞いてたわ」

ダニエル、

「改めて、私はダニエルです。今日はジーナさんに呼ばれて参りました。同席させていただいてもよろしいでしょうか？」

ジーウ、

「もうさっきから同席してるじゃない」

ダニエルの顔を見た時、ジーウにはその名前とその顔に何となく見覚えがあるのを思い出した。ダニエルは、ジーウが記憶の糸をたどっている様子を見ながら、思い出してくれるのを待っているかのように、静かに優しく微笑えんでいた。

15年くらい前だろうか、ジーウの脳裏にあの時の記憶が蘇った。

「ああ、あの時の、……」

それはジーウが東京G大を出て、ロスのジーナの家に遊びに行った時の卒業パーティーで一度だけ会ったのが、ダニエルだった。ダニエルは日系アメリカ人でジーナとは大学生時代から交流があった。現在のダニエルはお父さんの会社が倒産して以来、そのリベンジのためにコツコツと日本で働いて努力しているところだった。彼は穏和な性格の中にも人一倍正義感が強い逞しい男だった。瞳の色はブラウンで誰もが見た瞬間、その温もりと優しさに惹かれる不思議な色をたたえていた。ジーウもそんなダニエルの優しさと自然体に何の抵抗もなく受け入れられる自分が不思議なくらいだった。その日の会食は笑いが絶えないうちに解散となったが、ジーウとダニエルの赤い糸はお互いの存在を認識したのである。

日本での仕事が一段落した頃、シアトル支店からジーウの働きをねぎらって里帰りを兼ねた出張のオファーがあった。

「エディー、今度ママとシアトルに行けるわよ。いいでしょ」

「えっ、ほんとママ、うれしい。やった〜」

二人とも子供のように大はしゃぎ。

数日後、二人の姿はシアトルにあり、

「エディーが大好きないつものモールで何かおもちゃでも買う？」

「買う買う、おもちゃ、いっぱい買ってママ」

二人がモールでおもちゃを買って騒いでいた時だった。

「ハイ、ジーウ！　僕だよ。ハリスだよ。偶然君を見つけ半信半疑であとをつけてきたんだけど、やっぱり君だった。君が日本へ行ったと聞いてとても寂しかったよ。でも、どうしてここに？　この子は？」

ジーウはまさかの偶然にびっくり仰天。言葉が詰まっているところに。ハリスがエディーに、

「坊や、名前は？　歳はいくつ？」

「僕はエディー、６つだよ。おじさん誰？」

ジーウはもう心臓が止まりそうになった。

あれほど百戦錬磨のプレゼンの女王も予想外のハリスの出現にまるで失語症に陥ったかのように、エディーの手を強く引いてその場を何とかやり過ごして立ち去るしかなかった。

数日後、東京に戻ったジーウはジーナに電話して、その時の話をネタに盛り上がっていた。ジーナが、

「その時のハリスと貴女の顔、見たかったわ」

ジーウ、

「いじわるね。ほんと言葉が出なくて、大変だったんだから」

ジーナ、

「えっ、次期支店長を狙っている貴女の言葉とは到底思えないけどね。まあ、いいわ、信じるとするか」

ジーウ、

「今度恩返ししてもらおうかな〜。こないだのダニエルの件は恩返しじゃないからね。昔の知人なんだから、それよりスモモの罪は仕事で返してもらうわよ。最近、経理がうるさいのよ」

ジーナ、

「やっぱり貴女を敵にしなくて良かったわ。ほんとこわい。でも、いくら唐突とはいえ、その貴女がハリスの追及に言葉を失うとはね、やっぱり見たかったわ。(笑)」

ジーウ「もういいでしょ、その話は終わり、あとでいいから……」


それから二日後、ジーナに一本の電話があった。ダニエルからだった。ジーウとジーナ、そして子供たちとスキーへの招待だった。ジーウもエドワードを連れてちょっとしたスキー合宿が昔からしたいと思っていたので、いいチャンスだと思った。彼は大喜び。ダニエルは元々、子供が大好きだったので、ジーウとのデートを忘れ、まるで子供たちとデートするみたいに喜んでいた。そんな無邪気なところがすごく可愛く、ジーウの心を鷲掴みにしてしまった。

子供を含む五人で冬の北海道に飛び、ニセコとトマムでパウダースノーの銀世界をみんなで満喫していた。子供たちの遊びの面倒とスキーインストラクターは全てダニエルが担当してくれたので、ジーウとジーナは久しぶりに大人だけの時間をゆっくり楽しむことができた。エドワードとミアはダニエルを独占。もう兄妹も同然の仲良しぶり。ジーウたちが入り込むすきがないほど。エドワードに至っては、

「ママ、僕のパパ、ダニエルさんでいいでしょ。だから今日は三人で一緒に寝よう！」

会話を聞いていたジーナはもう今にも吹き出しそうな顔して、

「やっぱり子供は正直ね。ジーウ、貴女も見習ったら」

普段ならジーナに鋭く反撃するのだが、

「そうね。貴女のいう通りかもね」

いつになく素直なジーウ。

東京で出会ったあの日からジーウの心にはすでに変化が…まるで蠟燭に火がつけられたような温もりを感じていた。

日も暮れてきたので、最後に皆で初心者コースのリフトで頂上まで上がり、下まで滑り下りることにした。子供達を先頭に、その後ジーナが続くかたちでゲレンデを下り始めた。ダニエルの指導のお陰で子供たちの上達ぶりは著しく早く、１日目でボーゲンをマスターしたので難なく、ふもとまで到着。少し時間をおいてジーウとダニエルが後を追った。途中カーブのある急斜面でジーウが曲がろうとしたところ、初心者とみられる若者が勢い余って曲がり切れずうしろから猛スピードで何も知らないジーウに激突しようとしたところ、ダニエルがジーウをかばい、直撃は免れたものの、大きくコースを外れた二人は小さ

な沢に勢いよく落ちた。気がつくと二人は抱き合ったままの状態で目が合った。ジーウが、

「ありがとう。お陰様で助かったわ」と言うと、
ダニエルは申し訳なさそうに、

「もっと僕が早く気がつけば良かったんだけど、でも、間に合わないと思ったその瞬間、僕の身体が宙に浮いて、まるで駆けるように、自分でも不思議なほど早く、君のもとに移動できたんだよ。信じてもらえないと思うけど、本当なんだ」

ジーウが一言、

「信じるわ」

と言って無言で優しくダニエルの額にキスした。その日の雪はまるで二人を祝福するかのように優しく、二人の上に天使のように舞い降りた。


こうして４年が過ぎた頃、ジーウは表参道支店の支店長に昇格、レディース部門のみならず支店全般の経営を統括するようになった。

■第4章　新たな挑戦

月日が経つのは早いもの、いつの間にかエドワードは9歳、幼児教育から小学校さらに中学校と一貫教育の西麻布インターナショナル・アカデミーの3年生になっていた。

土曜日、例のスピーチコンテストを見るため、ジーウは暫くぶりに学校へ向かった。午前は学年対抗のコンテストが行われ、各学年で一位を取ったプレゼンテーションを集めて、午後には全校で一位を決める全学年コンテストが行われる。エドワードは、『日本ｖｓアメリカテーブルマナーの違い』と題してプレゼンに臨んだ。内容はウドン〈来日して初めて、母親と食べたうどん屋での出来事〉。最初はウドンをスパゲッティのようにChopstickで巻き取るようにクルクル回して静かに食べていたところ、何気なく周りで食べていた大人たちを見ると、フーフー、ズルズルと大きな音を立てていたのでビックリ。母親に、

「あれ見て！　ママ！　あんな大きな音出して食べてるよ～」

と耳打ちすると、

「ママも日本に来た時、本当にびっくりしたんだけど、だんだん慣れてきて、文化や習慣の違いだと分かったの。そうしたら、それを楽しむことができるようになっちゃった」

と答えて、食べ方をマネして見せた。エドワードは大喜び、〈I think so, too. I want to try Mom!!『スースー、フーフー、ズルズル』と音を立てながらマネして食べ始めたところ、美味しくて、楽しくて止まらなくなってしまった。それ以来、麺類を食べる時はいつも音を立てながら食べるようになった。でも、もし、アメリカで同じ食べ方をしたらどうなるんだろう？　ブーイングの嵐かもしれないし、またはそれが受けてハリウッド映画に起用され大ヒットするかも～〉

エドワードは、いつになくまじめな顔で、身振り手振りを交え表情豊かに、面白可笑しくプレゼンしたところ、聞いていた生徒や父兄たちは理解が深まり、とても共感したのか笑い声を立てながら、

大きな拍手をしてくれたお陰で、審査結果は二学年で一位になった。昼休み、学校の食堂でランチしながらジーウが、

「エディーすごいよ。学年で一番になるなんて。嬉しい！　お母さんの自慢だわ」

「うん、でも緊張したよ！　人がいっぱいだし、少し震えたよ」

「わかる、わかる。マミーも経験したことあるわ」

エドワードの表情はまだ硬いままだった、察するに、エドワードは午後の全校コンテストのことを考え、子供ながらに、そのプレッシャーに圧倒されているようだったので、ジーウは、エドワードの緊張をほぐし、のびのびプレゼンができるようアドバイスしてやった。

「エディー、いつも家でやるルービックキューブを皆の前でやるつもりでいいのよ！　一番とか気にしないで、皆見てるけど、皆の顔をルービックキューブだと思えば楽しくなるでしょ？ Take it easy boy!!」

　エドワードにはそう話したものの、ジーウも内心ではハラハラドキドキだった。それでもルービックキューブの話が効いたようで、エドワードは午前よりも落ち着きを取り戻し、ウドンを食べる時の疑似音をまるで古典落語家顔負けの演技で、たっぷりジェスチャーを交えながら、笑いと興奮で観客を魅了したので、会場は割れんばかりの拍手喝采。スピーチと言うより、まるでエドワードの一人舞台が終わったみたいだった。エドワードが席に戻ろうとすると、ザルうどんとキツネうどんを食べるモノマネアンコールがわき起こり、エドワードが満を持して登場、更に大きなジェスチャーと音を搔き立てて、フーフー、ズルズルとやったので、またもや会場は大笑いの渦に巻き込まれ、笑い声が鳴り止まなかった。結果は全校で一番。

　ジーウが、

「エディー、あの音すごかったわね、母さんも初めてよ。みんな驚いてたわよ。それにしても全校コンテストで優勝するなんて。ユーはエンターテインメントの素質があるようね。今夜は大好きなものなんでも食べていいよ。どこに行く？」

　と聞くと、エドワードは自慢げに答えた。

「やったね。じゃ、今度はママとうどんコンテストしよう、どうせ僕が勝つに決まってるけど……ハハハハハ」

「言ったな～、ママに勝てると思う？　まだ早いわ。ハハハハハ」

その夜、二人はうどん屋に直行し、少し贅沢な海老のてんぷら付きうどんを、どっちが大きい音を出せるか笑いながら競争しあった。エドワードが、

「僕の勝ち！」

と言うと、ジーウも負けまいと、

「そんなことないでしょ！　ママの音の方が大きかったわよ」

と応戦した。すると突然エドワードが、

「パパがいたら、どっちの音が大きかったか判定してくれるよね。ママ、僕のパパはどこ？」

と言いだし、さすがのジーウも言葉に詰まったが、咄嗟に機転を利かし、

「そうね、エディーの勝ちね」

と、話しの流れを切り変えてその場をおさめたものの内心は穏やかではなかった。

その日は、二人の食べる音が店の中で一番大きかったので、帰りがけにお店からうどんのサービス券がプレゼントされたのでエドワードはすっかり有頂天になり、パパのことは忘れた様子だった。

帰宅した途端、不意の電話に捕まった。ハリスからだった。

「こんな時間にゴメン。さっきモールでエドワード君に似た少年を見かけ、自分でも訳が

分からないほど、急にエドワード君に会いたい気持ちになって、気がつけば受話器に手が伸びていたんだよ。ほんと急にゴメン」

「急に困るわ。前もって連絡くれないと」

会話を聴いていたエドワードが、

「ママ、それハリスのおじちゃん？　僕、話したいことがあるんだ。こないだシアトルで会った時、すごく優しくしてくれたよ」

ジーウはハラハラドキドキで、

「エディー、ハリスさんと何を話したいの？」

エドワード、

「ハリスおじさんはどうしてあの時、ママの名前を呼んだの？」

うっかり電話の保留ボタンを押してなかったので、エドワードが受話器に出た時、ハリスが、

「おじさんはね。本当はエディ君のパパになるつもりだったんだよ」

エドワード、

「そうなの？　ママは今一人ぼっちで寂しいから、おじさんがいると僕も嬉しい」

ジーウは慌ててエドワードから受話器を取り上げたが、言うべき言葉が見つからず無言の数秒間が過ぎた時、ハリスから、

「やっぱり僕はあの子と何か通じる合える気がするんだ」

「こんな時間に何を馬鹿なこと言ってるのよ。もう切るからね」

〈ガッチャン！〉1分も経たないうちに、また電話が鳴り出した。ジーウは、

「もうやめてハリス、しつこいわよ。あの子は貴方とは関係ないの。いい加減にして」

受話器の向こうでしばらく沈黙が続き、応答がないのでジーウが切ろうとすると、

「僕だよ、ダニエルだよ。こんな時間にゴメン。また明日かけ直すね」

ジーウが、

「いいの、待って。もう少し良いでしょう。声だけでも聞かせて」

ダニエル、

「君さえ良ければ、僕はそのつもりで電話したんだけど……実は今度、君とエディー君と三人で、良いフレンチレストランを見つけたので招待したいと思って……それで一番忙しい君の予約をレストランより優先しなければと思い、こんな遅くに思わず電話してしまったんだ」

ジーウ、

「ありがとう。貴方は何も悪くないわ、私の方こそ勘違いしてごめんね。それはいいとして、素敵な招待ね。すごく楽しみだわ。エディーもきっと喜ぶに違いないわ。そうね……今度の週末なんかどうかしら？　エディーもちょうどバイオリンのレッスンがないし」

ダニエル、

「それじゃ決まり、週末に！　ところで、さっき君が電話口で叫んでたハリスって人、

誰？　なんかすごく動揺してたみたいだけど、大丈夫？　もし僕で良ければいつでも力になるからね」

ジーウ、

「大丈夫よ。昔の会社の同僚なの。それだけ。じゃ、週末にね！」

ジーウが電話を切ると、エドワードが、

「僕、ダニエルおじさんとレストラン行きたくない。ハリスおじさんの方がいい。どうしてママはハリスおじさんが嫌いなの？　あんなに優しいのに。ひどいよ、ママ」

ジーウは困り果て、

「エディー、ママもハリスさんが好きよ。でもエディーが生まれる前に喧嘩したの。それでまだ仲直りしてないの。だから仲直りするまで待って」

エドワード、

「そうだったんだ。僕も学校で友達と喧嘩するけど、すぐに仲直りするよ。ママもすぐ仲直りしてね」

「えらいわね。エディー。ママも頑張るからもう少し待ってね」

エドワード、

「わかった。僕、ダニエルおじさんも大好きだよ。でも、ハリスおじさんも好き」

〈やはり子供の直感はすごいんだ〉、ジーウはほっと一息ついたものの、予想外の展開に驚きを隠せなかった。

あれから5年が過ぎようとしていた。ジーウは業績が認められ、ニューヨーク本社社長から特別オファー付きのアサインメントを受けて、東京支店長に昇格した。以前にもまして重責を感じたが、その一方でモチベーションはマックスに達した。レディース部門を立て直し、V字回復させた功績に裏打ちされた自信と、周りの信頼は増したものの、支店長と言う立場から、さらに広い長期的視野に立って事業を考え、運営しなければならない。特に、本社、ニューヨーク社長の〈表参道支店への期待は大きく、日本のみならず、アジアの旗艦店として育てたい〉意向をひしひしと感じるだけにそれがプレッシャーとなった。

ジーウがまず手掛けたのは各種業務にAI（人工知能）を導入することだった。業務改善や事業拡大のためAIを活用する企業は少しずつ増えてはいるが、シェリボウでは必ずしも十分とは言えない状況だった。特にアメリカの各支店に比べても、表参道支店は遅れている状況だったので、ジーウはここに目を付けた。社内で決して大きな組織とは言えないIT部門を統括することを皮切りに、多少なりとも知識を有しているT部長に指示し、何人かの部下を集めて暫定プロジェクトチームを組ませ、AI導入に際しての問題点や手順などを実績のあるAIコンサルティング会社に相談しながら、ドラフトを作らせ、ある程度まとまった時点で役員会にT部長からプレゼンテーションしてもらうことにした。

数日後、役員会の冒頭、まずジーウから、

「当社においてもAIを活用して業務の効率化と事業拡大をいっそう図るため少しずつ調

査検討を行ってきましたが、遅かれ早かれこの革新技術の導入については避けて通ることのできない検討課題です。本日は、ＩＴ部門を統括しているＴ部長にこれまでの経緯と現状報告をしてもらい、その後、皆さんから色々ご意見やアイデアを出していただき、ディスカッションの上、今後の方向性を決めていきたいと思いますので、よろしくお願いします」

と説明があり、Ｔ部長のプレゼンテーションが始まった。主な内容は以下の通り。

〈ＡＩは企画、開発、マーケティング、営業、経理、人事等、当社のあらゆる部門での活用が可能です。例えば、過去の傾向から今後の流行を先読みしたり、性別や年齢層の違いなどによる好みや購入実績の解析調査と今後の予測など、購入実績から割り出したトレンドの把握、また、それに合った新製品をプレゼン型でリコメンドしたり、お客様が自宅の端末から当社の製品にアクセスしてＶＲ（バーチャルリアリティ、仮想現実）の空間で洋服・帽子・バッグなどの試着やコーディネートができるようになり、様々なデータを用いてＡＩによる新たなデザインを創出することができるようになります。また経理面ではデータの自動仕訳能力により、伝票の仕訳や入出金の確認が不要になり、少ない人数で多くの取引が可能になります。このように、例を挙げればきりがありませんが、逆に考えれば、各部門でも、全社でも、ＡＩを活用して何がやりたいか、業務にどう反映させたいかを真剣に考えなければなりません。そして、それを実現するために、日頃から業務内容を整理したり、必要なデータを収集したりするなどして、ＡＩで処理することが必要になる

わけです……〉プレゼンが終わり、質疑応答に移ると、ある役員から、

「ＡＩを活用することのメリットは少し分かりましたが、導入するとなるとどのくらいの費用が掛かるのですか？　コストパフォーマンスの評価が必要ですね」

　との質問が出され、それに対しＴ部長が答えた。

「ＡＩにも様々なレベルがあり、一概には言えませんが、先ずＡＩ推進コンサルタント会社と提携し、可能なものは外部委託する形でスタートするのが良いと思われます。そのための提携委託費用として、年間約２千万円強は必要になります。私のプレゼンでも活用事例をいくつか紹介させていただきましたが、これらはほんの一例で、他にも様々な活用法があると思いますので、それぞれ個別に費用対効果を評価し、見極めなければならないでしょう」

　ここでジーウが、

「各部門でＡＩにはどんな活用法があって、それによってどんな利益が見込めるのか。コストパフォーマンス的に見合うものかどうか十分検討する必要があります。皆さん是非、そのような観点でＡＩ導入の可否を考慮した上、検討してください」

　とコメントした。さらに他の役員からは、

「ＡＩを導入し活用するに当たって、マンパワー的にはどうなるのですか？　それなりのスキルと専門知識を持った人材が必要になるのでは」

　との質問があり、プレゼンターが答えた。

「おっしゃる通りです。当面、外部リソースに頼るとしても、社内にある程度詳しい担当がいないと、当社の状況や環境に合ったＡＩ開発ができません。したがって、ＡＩにある程度明るい人材をまず二、三人は確保する必要がありますし、継続的な教育や訓練もしなければなりません」

これに関し総務の役員から、

「では、新卒や他社からの引き抜きも含め、人材確保のリクルート活動が必要になりますね」という意見や、また他の役員からは、

「ＡＩ導入から活用のためのランニングコストはどうなりますか」

という質問が出て、Ｔ部長は、

「先に説明したように、どんな業務内容をどの程度ＡＩ化するかでも違いますが、スタートするに当たっては、新たな人件費も含め、５千万円程度が妥当ではないかと考えています」

さらに議論が交わされ、最後にジーウから、

「これから当社でＡＩを導入し、成果をあげるため、『ＡＩ推進プロジェクトチーム』を編成したいと思います。プロジェクトリーダーはＴ部長にお願いし、各部門の意見や要望を取り入れるため、メンバーとして各部門から担当者を一名ずつ選出していただきたいと思います。いかがでしょうか？」

これに対し、不思議なくらい静かに、皆一応に納得した表情で、役員会を終えた。

あっという間に週末がやってきた。ダニエルとエドワードと三人での食事会。西麻布にこんなレストランがあるなんて考えてもみなかった。もともと大使館が多いこの地域は大使たちやその家族の隠れ家的なレストランが多いのだ。ある有名大使のご子息と日本女性の密会の場にも使われるほど、プライベートな空間がたっぷりある割には、価格はいたってリーズナブル。ダニエルはその控えめで大人しい性格が気に入られ、友達からの信頼が高く、沢山のネットワークが大使たちとあったので特別に教えてもらったのだと言う。建物は小さいけど瀟洒で上品なレストランにジーウは思わずニッコリ。内心、二人のデートにぴったりだと思った。ダニエルが、

「この大きな部屋は今日、僕たちの貸し切りだから、人目を気にせずに大声で話せるし、エディーとTVゲームだってできるよ」

と言ったが、10歳になり、分別をわきまえることができるようになったエドワードは、それが冗談であることも分かっていた。しばらくして、トントンとドアをノックする音がして、

「ダニエル様ですか？　失礼いたします」

入ってきたのは一流ホテルのレストラン並みの接客ができそうな品の良いウエイターだった。

「本日のコースはA、B、Cの中からお選びいただけます。どれも同じ価格です」

肉料理からシーフード、ジビエに至るまで同額とは驚きだった。しかもデザート付きのコースで全て1万円なんてあり得ない値段だった。ただ、ワインだけは別格だった。地下のセラーには大使たちの好みに応じ、シャトーマルゴー、ラフィットロートシルト、ロマネコンティまで、ありとあらゆる種類の最高級ワインのストックがあった。どれもコース料理をはるかに上回る高額で不釣り合いな値段だが、そこがまた面白かった。

ウエイターが、

「最初にシャンパンなどいかがでしょうか?」

すると、ダニエルが、

「ゴータマブッダはありますか?」

ウエイターー、

「ちょうど昨日インド大使館から分けていただいたものがございます。でも、よくご存じですね」

ゴータマブッダとは、通しか知らない、インドの高地でシャンパンと同じ製法で造られた極上ではあるが安価なスパークリングワインだった。ジーウは不思議だった。初めて会った時から多くを語らないダニエル、でもジーナや自分と同じようなテイストを感じていたからだ。社交にはなくてはならない要人との会食を極めているに違いない。たっぷり会食を楽しみ、エドワードはお腹いっぱい食べたせいかすでに大きな椅子で熟睡していた。ジーウはダニエルと二人だけの時間が欲しかったので、昔ばなしの中に何か共通点を探そ

うとしていた。ジーウが、

「ロサンゼルスでの初対面の時はお互い学生だったけど、その後どんな仕事をしていたの？　私は見ての通りアパレル業界だけど、貴方は？」

ダニエル、

「そうだね、君には何も話してなかったね。ジーナから聞いているかと思ったので…。

実は父の仕事がロングビーチで代々続く貿易会社だったんだけど、ある日、積み荷を積んだ大型船が何隻も嵐に遭遇して、巨額な損失を出して倒産しそうになったんだ。悩んだ末、存続に固執して社員とその家族を路頭に迷わす訳にはいかないので、そうなる前に自主廃業したんだ。でも父は家族同然だった社員とはまた仕事をしたいと考えていて、常に再興を目論んでいるのさ。僕はそんな父の生き方と仕事が大好きで、諦め切れずに、今も世界中を回りながら再開のチャンスを狙っているんだ。僕だけじゃなく、実は社員たちもそうなんだ。だから、皆、今は別の仕事についているけれど、ロングビーチを離れずに、今も父が再び事業を起こした暁には集まろうと号令を待っているのさ。そのためにいつでも再開できるよう世界中を修行しながら、情報収集しながら頑張っているんだ。今は君を高級レストランにも招待できないけど、いつか招待できる日が来ることを信じて欲しい」

ジーウは全てを理解した。そして、ダニエルが付け加えた。

「修行が終わったら必ず迎えに行くから、どうか僕を信じて待っていて欲しい」

ジーウは無言で微笑んで彼に合図したのだった。

先日シアトルで偶然再会したハリスから、しばしばジーウにEメールが入るようになった。ハリスはジーウの近況を尋ねたり、またお互いに最近のニュースについて感想や意見を述べ合ったり、世間話をしたりと、他愛もない内容が多かったが、ハリスの本意が別の所にあることは、ジーウにはそれとなく感じとれた。

そして、ある時ハリスが、

「君はまだシングルだよね」

「そうよ」

ジーウが答えた。

「僕と結婚しないか？　僕は今でも君を愛しているよ」

「ありがとう。でも、……」

「でも、何？」

ジーウは〈自分の気持ちをハリスにはっきり伝えておいた方が良い〉と思い、

「実は好きな人がいて……」

「やっぱりそうか……君ほどの美人を放っておく馬鹿がいないことは承知しているけど。残念だ。でも別れても君のことがずっと気になっていたことは分かって欲しい。ところであの可愛い息子さん、エドワード君だったっけ？　……」

ジーウには、直感的にハリスの本音が読み取れた。〈ハリスはエドワードが自分の子供ではないかと疑っているのだ。どうしよう、……〉、ハリスが続けた。

「エドワード君の年齢って、もしかして僕と君が付き合っていた頃に生まれた子なんじゃないの？」

ジーウは、自分の心臓の鼓動が激しくなるのをハリスに悟られまいとするかのように表面上は冷静を装って答えた。

「そうでもないわよ」

ハリスは、

「まさか、君は僕以外の人とも付き合っていたの？　もしかして二股？」

さすがにジーウは頭に来て、

「私のプライバシーに係わることで、貴方からそんなこと言われる覚えはないわ」

と激しく突っぱねると、ハリスは、

「ごめん、言いすぎちゃった」

と謝ってその場は収まったが、しばらく経ってまた電話が、

「こないだシアトルでエドワード君を見た時、なんか僕に似ているような気がして、びっくりしたよ。特に目が僕に似ていたような気がして……」

と言うので、ジーウは、

「他人の空似って言うじゃない。考えすぎよ」

ハリスも、黙っていない。

「でも、髪の毛が少し縮れている所なんかも、僕に似ている気がして、君の髪はまっすぐなストレートなのに」
　ジーウは、
「あら、そうかしら。貴方だけが縮れている訳じゃないわよ」
と、はぐらかすしかなかった。ジーウは、心の中では〈いつかはハリスにもエドワード
にも本当のことを話さなければならない時が来るかもしれない〉と思っていたが、〈それ
がいつなのか、今なのか？　分からない〉悩み、迷っていたのだった。そして、考え悩ん
だ末、お悩み相談の窓口ジーナに相談した。
　当初から事情を知っているジーナは、
「そうね、でも悩んだって仕方ないでしょ。そうすると決めてあの時、彼より仕事を選ん
だんだから、はっきり説明してあげないと彼だって次に進めないでしょ」
　確かにジーナの言う通りだった。ジーウは答えた。
「私もいつかは二人に真実を伝えなければならないと思っているの。でも一番の問題は、
それを聞いてエドワードがどう思うかまで答えを用意していた訳じゃないのよ。分かるで
しょ。まだ幼いから、ショックを受けるだろうし、……」
「そうね。まだ子供だから辛いかもね。でもエディーはアメリカ人だから大丈夫…」
「私は、エドワードが中学生になってからでも良いのではと、……」
「でも、私だったら、さっさと本当のことを言っちゃった方が楽だし。後で逆恨みされる

こともないし、良いと思うけど。オープン過ぎるかな？」

「そうね。私はまだ韓国人の考えが抜け切れていないかもね、……」

「それはそうとして、ハリスにはショックかも知れないけど、先日シアトルでエドワード君と会った後、ハリスを近くで見て驚いたわ」

「えー、どうして」

「なんか、全体の雰囲気がすごく似ているんだもの。血は争えないものよね」

「そうか……外から他の人が見るとそう見えるんだ、あーあー」

「それはそうとして、その後ダニエルとはどうなの？　私の勘だけど、彼あなたに夢中じゃない？　あの無口で大人しい彼があなたを食事に誘うなんて考えられないし。あなた知らないかもしれないけど、彼の家は代々、ロングビーチでは名門なのよ。彼もああ見えてＳフォード卒よ。歳はたしか私たちより五つ位年下かもしれないけどね。彼のお尻可愛いでしょ。私も好きよ」

「ジーナったら、いやらしい！　でも、そんなこと貴女から聞かなくても、もうとっくに知ってるわよ」

「それ、どういう意味！　もうベッドインしたの？　可愛くないわね」

「あっ、そう！　どうせ私は昔から可愛くないけどね」

ジーナの話を聞きながら、ジーウの心の中では、別な想いも交錯していた。昔からハリスは子供を欲しがっていた。〈もしハリスに真実を告げたら、子供好きな性格からして、エドワードの親権を巡って問題が起こるのではないか。まさか裁判沙汰になることはないにしても〉という懸念があり、いっぽう、ダニエルからはメールや電話が何度も来てデートの誘いも頻繁になった。ある日、ダニエルとのデートの約束もハリスのせいでキャンセルになってしまったことがあった。ジーウの中では、ダニエルに対する特別な想いが醸成されていたが、彼の話の通り、ダニエルはまだ修行の身なので、今すぐどうこうと言うことは考えられなかった。〈こんな状態で、エドワードにハリスが父親であることを告げたら、私がダニエルと付き合っていることをどう思うだろうか？〉あれこれ考えても〈今すぐ結論の出る問題ではなく、少なくともエドワードが中学生になるまでは、このまま時の流れに任すしかないのでは〉と思うことにした。

表参道支店でのＡＩ導入と本格的運用が始まって1年くらいすると、様々な効果が見えてきた。プロジェクトチームも、ＡＩの専門知識を持った三人を新たに採用したので、総勢十五名の部隊になっていた。様々な業務で改善や変化が見られたが、特にネットを使ったファッション製品のＶＲ試着とコーディネートは評判が良く、アクセス数が増えるにつれ売上も比例して伸びていった。そんな状況の中、ある時ソウル支店長から電話があり、「ジーウさんの所ではＡＩの導入がうまく行って、良い結果を出しているようですね。最近うちの支店でもＡＩ導入を始めましたが、一度こちらにいらしていただいて、お話ししていただけませんか？　ジーウさんが韓国のご出身とお聞きしていたので、どうかよろし

く お願いします」

ジーウは仕事を調整し、１週間後の金曜日に、エドワードを伴って韓国に飛んだ。ソウル支店訪問は次の月曜日だったが、10年ほど前に母親と些細なことで親子喧嘩してから疎遠になっており、まだエドワードを見せてもなかったので、今回こそ息子を連れて里帰りすることにした。出張にはT部長も同行させたが、T部長は別便で日曜日にソウルに入り月曜日の朝、ソウル支店で落ち合う手はずになっていた。ジーウとエドワードがインチョン空港に着くと、ヨンアが二人を迎えに来ていた。ジーウとヨンアはハグし、言葉を交わしながら暫く振りの再会を喜びあった。ヨンアはエドワードを見て、

「えっ、息子さんこんなに大きくなったんだ」

と感嘆の声をあげた。ヨンアの案内で、三人はヨンミが手配した韓進家のお抱え運転手付きの車が待つ駐車場へと向かう車中、ジーウとヨンアは募る話に夢中になっていたが、エドワードは車窓から、物珍し気に街並みを眺めていた。車が仁川大橋に差し掛かった時、エドワードが運転手に聞いた。

「What is the name of this bridge?」

運転手は、少し動転しているのか片言の英語で、

「i., incheon, lo., longbridge」とたどたどしい英語で返した。

一時間ほどでヨンミの住む江南区のマンションに着いた。ヨンミは、夫が亡くなってから、長男ソンウの家から歩いて行ける距離に新たな高級マンションを購入していた。近く

には、ソンウ一家、兄嫁のヨンアと高校3年の長男テス、高校1年の長女アンナが住んでいた。テスは今年高校を卒業し、4月からは日本のH大学に留学することが決まっていた。マンションに着くと、ヨンアがオートロックの部屋番号を押すと、ドア越しにヨンミの懐かしい声が聞こえ、ロックが解除された。両側には涼しそうな植え込みと色とりどりの花々がセンスよく配置されていた。エレベータで最上階まで昇り、インターホンのベルを押すと、メイドの恭しい受け答えの後、暫くしてヨンミがドアを開け笑顔で三人を迎えてくれた。

三人は20畳ほどもあろうかと思われる広いリビングルームに通された。エドワードは習い始めの韓国語で、

「チョウム・ペッケッスムニダ（初めまして）、チェ イルムン エドワード エヨ（私の名前はエドワードです）。アンニョンハセヨ（こんにちは）。チャル プタッカムニダ（よろしくお願いします）」

などと、片言の韓国語を連発してヨンミを感心させた。ヨンミもさすがに諦めたのか、大きくなったエドワードを目の当たりにして考えが変わったのか、機嫌も良く、嬉しそうにしていた。その日の夜はソンウ一家を加え、皆で伝統的な韓国宮廷レストランに出掛け、宮廷料理を楽しんだ。テスとアンナは英語をかなり流暢に話したこともあり、エドワードとは意気投合して仲良くなった。

ヨンミのマンションに戻ると、アンナのたってのリクエストで久しぶりにジーウとエド

ワードのピアノの演奏会を家族の前で披露することになった。何曲か演奏したところで、最後にヨンミが〝アリラン〟をリクエストしたので、ジーウはエドワードのために楽譜を準備し、ジーウは暗譜で演奏し、場は再び盛り上がり、家族団らんの素晴らしい思い出をつくることができた。ヨンミはとりわけ嬉しそうだった。〈ジーウも家族と思わぬ再会を果たすことができ、母が喜ぶ姿を見られたことが何よりも満足だった〉

翌日はエディーとジーウとヨンミは、まるで今までの時間を取り戻すかのように積もる話しで1日中盛り上がった。翌々日の日曜日、家族揃ってソンウの運転する車でソウル市と郊外のドライブに出掛け、公園や遊園地を見て回った。夜は兄嫁が準備してくれた懐かしい家庭味のご馳走に舌鼓を打った。

月曜日の朝、ジーウはエドワードをヨンミに預けて、予定していたソウル支店に出掛け、T部長と落ち合い、ソウル支店長と担当者を交えた打ち合わせに臨んだ。打ち合わせの席では、両支店からそれぞれAI導入活用の状況説明や課題・問題点を出し合い、突っ込んだディスカッションが行われた。

午後3時、やっと会議が終わり、ジーウはその足で金浦空港に向かい、そこで韓進家のお抱え運転手付きの車でヨンミとヨンアに送ってもらったエドワードと合流し、慌ただしく羽田へ舞い戻った。

表参道支店では、ＡＩ導入のためのインフラ整備は着々と進んでいたが、それがすぐ顕著な業績向上に現れるほど、ビジネスは生易しいものではなかった。まず社員が、ＡＩの何たるかを理解した上で、何をどのようにＡＩにやらせ、社員は実務の様々な局面でどのように行動すべきかを考え、実行しなければならなかった。経理など定型的な業務では、比較的早い段階からＡＩの効果が現れ、業務の効率化、省人化、迅速化などの面で改善は明らかだった。また、市場調査やユーザーアンケートなどで得られたデータのＡＩによる分析・解析により、年齢層、男女別での顕在的需要に対する対応や潜在的需要の掘り起こしなどに威力を発揮した。しかし、そのようなデータに基づいて、優れた商品をタイムリーに、リーズナブルな価格で提供できても、人間の努力、感性、才能などが必要なことは変わらず、ＡＩによって全て補えるものでもなかった。このように、産みの苦しみともいうべき状況が数か月続いたものの、ＡＩの効果は徐々に現れ、それに伴って業績も回復し始めた。もちろん、ＡＩだけの力が業績に反映したわけではなく、ジーウが表参道支店長に任命されて以来、数々のアイデアと戦略が功を奏し、顧客満足度を高め、購買意欲を押し上げた結果、売上が大幅に伸び、業績として花開いたのだった。しかし、それはジーウにとって新たな出発へのプロローグでもあった。

支店長に就任して早や4年が過ぎた頃、ジーウの中に以前から潜在する意識が顕著になりつつあったが旅立ちのタイミングを待っていた。〈もうそろそろいいだろう、会社への忠誠と貢献も十分に果たすことができた。これからは自分の人生を愛する人たちと歩んで

いきたい。皆許してくれるだろうか〉

朝焼けが美しい、東京へ赴任した朝もそうだった。ジーウはニューヨーク本社とワシントン支店へ退職の打診をした。1週間後、ニューヨーク本社からは社長直筆の手紙がフェデックス便でジーウの手元に届いた。開封すると、一点の曇りもなく、これまでの努力と挑戦に対する賛辞だけがしたためられていた。

こうして、惜しまれながらも退職届けを受理された1月後、ジーウのシェリボウ退職の記事が業界各紙に掲載され、各方面から惜しみない賛辞が贈られる中、早くも新しい門出に向けたジーウの争奪戦が水面下で激しさを増していた。一番に名乗りを上げたのが、なんとあのショネル社だった。祖父との歴史を築いた揺るぎない信頼を寄せる名門、そして次がルイバトン、カルティコ、ヴァレンチコ、エトラなど錚々たる名門ぞろいだった。でも、そんな世間の動きをよそにジーウには壮大な計画があった。

ヨーロッパでもアメリカでもない独自のブランドを立ち上げ、世界に名乗りを上げる計画だった。そのため、オファーを全て丁寧に辞退し、敵を作りこそしなかったが、かと言って協力してくれる訳でもなく、〈これから先の苦難を本当に乗り切ることができるのだろうか。それが運命なら喜んで受け入れて突き進もう!!〉と自分に言い聞かせていた。

ジーウは心の内をジーナに話した。ジーナの反応は火を見るよりも明らかの強気で、

「やっと誰にも邪魔されず好きなことができるわね。なんか羨ましいくらいよ。でもその

時を待っていたのは貴女だけじゃないわ。実は私も、そして貴女を知る人は全てのはずよ」

「何をのんきなこと言ってるのよ。私は、シェリボウを辞めて、他の有名ブランドのオファーも全て断ったんだからね。分かるでしょ？　無一文からのスタートよ」

さすがのジーナも、

「えっ！　全て蹴ったの？　ショネルも？　バトンも？　本気で？」

ジーウ、

「業界紙や雑誌の記事読んだでしょ？　あれが嘘だというの？」

「聞いてみただけ。一応は読んだけど、貴女はやっぱり大胆の前にアレが付くほどね。しかも肝まですわってるわ」

「ジーナ、貴女ほどじゃないけど、貴女に言われると不思議と嬉しくなって、元気が出てくるみたい。もう一度言って！　……でもこんなに冷静でいられるなんて、自分が一番驚いているんだから。ハハハ」

一方、ダニエルの電話はジーナとは対照的に、優しくジーウの気持ちを察してか、とても気遣うものだった。

「ダニエルです。遅くにすみません。プレス発表を見ました。あれほどの業績を上げながら、あっさり檜舞台から身を引く貴女をみて、正直僕は震えにも似た感動を受けました。貴女の生き様と言うか、何か強い信念のようなものを感じたからです。僕が修行中の身であることは先日ご説明した通りですが、僕に何か手伝わせてもらえないでしょうか。貴女を愛してるからだけではありません」

ジーウ、

「ところで、ダニエル、さっき何て言った？　愛しているからとか何とか、はっきり聞こえなかったけど……」

ダニエル、

「ゴメンなさい電話で言うつもりじゃなかったんだけど、貴女のプレス発表で興奮して…」

「そう言うことは電話じゃダメでしょ。直に私の顔を見て、顔を近づけて、目を見て話すべきだと思うけど、……」

■第5章　ヴォヤージュ

ジーウは、シェリボウ退職が決まってからの約1か月間は通常業務や引継ぎをしながらも、自分の新しい店舗"J-Fashion"の立ち上げに向け具体的な準備にあてた。自分の店を持つことはジーウが以前から温め下準備や心構えをしてきたとは言え、いざ現実となると、その重圧は並大抵ではなかった。眠れない夜もたびたびあったし、休日はほとんどその準備に費やされ、エドワードと遊ぶ時間さえほとんど取れないくらいだった。

起業当初、まず考えなければならないのが人材の確保だった。

そこでジーウが最初に白羽の矢を立てたのが亜希子だった。ジーウから話を聞いた秘書の亜希子は、

「他でもないジーウさんからのオファーを私が断るはずがありません。独立されて新しい会社でどんな旋風を巻き起こすのか楽しみです。喜んでついて行きます」

と快く受けてもらえたので、ジーウも、

「ありがとう、そう言ってくれるとほんとに嬉しいわ。貴女にはこれまで公私ともにお世話になったけど、今度は会社のためだけに頑張って欲しいの。貴女の個性に期待しているわ。よろしくお願いね」

その他の人材としては、セールスの山口《やまぐち》君と経理の佐藤《さとう》さんが加わってくれたが、ジーウの営業戦略に欠かせないＡＩとＶＲ技術に詳しい人材の確保に窮していた時、一本の電話が鳴った。

「あの～、高橋《たかはし》です。表参道支店の」

ジーウが諦めていた人材からの電話だった。

「その声は高橋さんですか？　高橋部長ですね。どうかされましたか？　亜希子さんに変わりましょうか？」

「いいえ、亜希子さんのことではないです。ジーウさんに折り入ってお願いがあります」

「私にできることなら、何でも遠慮なくおっしゃって下さい」

「急なお願いで恐縮ですが、私を雇っていただけないでしょうか？」

「お気持ちは大変嬉しいですが、それだけはできません。ご存じのように、アメリカから赴任して以来、私も表参道支店では皆さんに助けられて、こうして今ある身です。礼節を重んじる日本文化を少しは理解しているつもりです」

「ジーウさんがそう言われることは、もちろん承知しておりますし、新しい船出を汚すような真似は絶対しません。実は表参道支店執行役員からの命令です。今度は役員全員俺たちがジーウさんの力になる番だと言われました」

ジーウの目から涙がこぼれ落ちた。改めて日本に来たことが意味ある選択だったことに心が震え涙した。

「ありがとうございます。そういうことでしたら、喜んでお受けいたします。執行役員と支店の皆様にはくれぐれもよろしくお伝えください。私からも後日、お礼にお伺いいたします」

「実はもう一つお願いがございます」

「何でしょうか？」

「僕たちの結婚立会人になって欲しいのです」

表参道支店に赴任当初から、不在が多く、表参道支店の存続と繁栄のために毎日奔走していたジーウを支え抜いた亜希子と、導入したばかりのＡＩとＶＲ技術を駆使して既成概念をくつがえして、今日の営業基盤を築いた高橋部長の間には、誰も知らないほどの連帯意識が生まれ、やがてそれが恋愛に発展していたこともジーウだけは理解していた。

そして、そんな二人を組織の中でそっと守り続けたのもジーウだった。

高橋の方も、表参道支店の繁忙期を経験していたので、いつかこんな日が来ることをまるでＶＲしていたかのように後任の育成や指導にも熱心に取り組んでいたし、亜希子もまたジーウの独立を予言するかのように、いつも高橋に話していたようだった。

このように二人の努力のお陰で、総務部長を通じて、役員全員が快く高橋の退社に賛成してくれたのだった。

「結婚立会人？　私で宜しければ、喜んで御受けいたします。それで、日取りはいつですか？」

「まだまだ先です。ジーウさんの会社が落ち着いてからということで亜希子とも話しておりますので、まずは仕事優先ということで」

「I feel I would like to say "thank you so much" for everything」

喜びのあまり自然とジーウの口から英語がこぼれた。

最後に、一番欲しい人材については、以前からジーウの脳裏にあった。それは独立に際し、店舗の確保や銀行との融資交渉、従業員の採用に至るまで、全ての面において、ジーウの右腕になってくれる男性幹部が必要だった。〈誰かいないだろうか〉と毎日思案に暮れていた。そんな時、〈なんで今まで思い浮かばなかったんだろう。こんな良い人材がすぐそばにいたのに…。しかも、自分でいうのも少し抵抗があるが、好意を寄せる可愛い存在〉。そう、ダニエルだった。ジーウが電話すると、ダニエルが待っていたかのようにいつもの場所でちょっと秘密めいたランチをすることになったので、その場でストレートに用件を伝えた。

「……と言うことで、新しい会社を興そうと考えているの。これは私の昔からの夢だったし、……。そのためには、私の右腕となってくれる人材、頼りになる人がどうしても必要なの。貴方は信用できるし、多方面で修行してきたから経験と実力もあるし、でも私のわがままで貴方を巻き込むのもどうかと思って躊躇していたんだけど…嫌なら遠慮なくそう言ってね！　これはあくまで仕事だから」

ダニエルは直ぐには答えず、暫く考えているようだったが、やがて口を開いた。満面の笑みをたたえて、真っ直ぐジーウの目を見て答えた。

「僕で良ければ、全身全霊を傾けて君の役に会社の役に立ちたい。どうか僕にチャンスを与えて欲しい。この命に代えても君の役に立ちたいんだ」

「ありがとう。ダニエル、これからが勝負よ！　綺麗ごとでは済まない。世界を相手に勝負することになるから。一緒に力を合わせて頑張りましょう！　今は恋愛感情抜きでね……」

ジーウもまたダニエルの顔を直視して微笑んだのだった。


シェリボウでの最終日、ジーウは表参道支店の一同に見送られ、アメリカから赴任して約8年間、苦労を共にした思い出深い支店をあとにした。ジーウはさっそく、創業に向け精力的に動き始めた。ダニエルと二人三脚で、都内で開店するための店舗候補地となる調査と契約交渉、銀行融資を受けるための事業計画書の作成、そして融資交渉、一般社員のリクルート等々、困難な問題が山積していた。起業と言う、大きな事業がすんなりと進む筈もなく、交渉相手側と、時にはジーウとダニエルの間でさえ、喧々諤々、口論に近いような激しい議論を重ねる中、全員が一丸となって頑張った甲斐があり、累積していた問題もほぼ解決し、状況は少しずつ好転していった。

半年ほど経った頃、少しずつではあるが軌道に乗り始めたので、以前から一度市場調査に行ってみたいと思っていたタイとベトナムへ10日間のスケジュールで出掛けることにした。亜希子とセールスの山口も同行したこの市場調査で、ジーウは両国の伝統的な皮革製品や織物製品を自分の目で見て、確かめると共に、それらの生地の供給元をも直接訪れ、品質確認や価格交渉をすることができた。二人は旅行会社や現地の日本大使館などから得た情報をもとに、皮革製品や織物製品、さらにそれらの店舗に卸している生地の製造元などをも見て回った。二人の得た主な印象は、〈今まで思いもつかなかった、奇抜で斬新な製品や原料が沢山あったこと。加えてそれらに使われている生地の卸値が仲介する代理店を通さないので驚くほど安い〉ことだった。これなら採算が取れると判断できた。

ジーウがシェリボウを円満退職して1年が過ぎようとしていた。3月下旬のある晴れた日曜日、銀座ファッションビルGINZASIX内で、ジーウのデビューとなる店舗"J-Fashion"の開所式が行われた。

当日、エントランスには、思ってもみないほど業界関係者から多数のお祝いや花輪が届いた。その中にはシェリボウのシアトル支店や表参道支店を筆頭に、イタリアやフランスの老舗ファッション界とそれに携わる超有名デザイナーからのものも見られた。〈あの時、彼らからのオファーを全て辞退したにもかかわらず、何故ここまで私のために……〉

出席者には、上記ファッション業界はもちろんのこと、韓進グループ、そしてジーウの母親ヨンミ、兄夫婦ソンウとヨンア、甥のテスと姪のアンナ、そして、アメリカからは親友のジーナと娘のミア、ダニエルと亜希子、山口の三人と新たに採用した十名の新人、それにジーウの友人数名とジーウがデザインしたドレスを纏ったモデルの姿もあった。新人の中には、ダニエルが奔走してリクルートしジーウが最終面接して決めた大学院や専門学校の新卒もいた。韓国から駆けつけた親族は、J-Fashion の今後に期待を膨らませながら、口々に、

「良かったね。こんなすごいお店を出すなんて。私たち親族の自慢だわ。頑張ってね」

と満面の笑みを浮かべながらジーウを祝福してくれた。

ジーナからは、

「おめでとう。貴女のことだから必ず成功するわ。もし私にできることがあったら、何でも遠慮なく言ってね！　ちゃっかりダニエルを雇って、私なんかお邪魔かもしれないけどね。ハハハ」

「ありがとうジーナ！　貴方にはそのうち特大スモモの借りを必ず返して貰うチャンスが来るから。出番はその時ね」

と相変わらずの応酬で祝杯を交わし合ったのだった。

知らないうちに子供たちも大きくなった。ミアは13歳、おませで会うたびに大人びてくる。開所式の参加者を物珍しそうに一人ずつ観察していた。新卒の田中《たなか》君とスザンヌが物陰に隠れては大胆にキスしているところを、後をつけてじっと見ていたので、二人はびっくりして猫のように飛び上がった。そして、こんどは幼馴染のエドワードを見つけて、駆

け寄り、ハグしたかと思うと、二人のキスシーンを真似るように大胆なキスをしたので、今度はエドワードがびっくりして、目をパチパチさせながら困った様子だった。

ダニエルは、参加者へ細かく気配りしながらも、開所式の進行役としてジーウのサポート役に徹していた。事情を知っているジーナは、そんなダニエルの動き回る姿を見て微笑ましかった。シェリボウからついてきてくれた三名のスタッフは、各自のキャリアに裏付けされた洗練された中にも、新たな決意を胸に秘めた振る舞いを見せていたが、その中でも表参道支店でジーウの秘書役を長く務め、各部門との調整役を一人でこなした亜希子の存在はここにきても顕著で、接客に至っては外交官並みのレベルといえるほど際だっていた。新人十人は、フレッシュマンらしく、真新しいスーツに身を固め希望に満ちた前途に胸を膨らませているようだった。

開所式に出席した友人たちは、口々に、ジーウを称賛した。

「すごいわね、こんなにデザインが行き届いて素敵なドレス見たことないわ。有名モデルが着ていたものでしょ！　貴女のデザインだったのね。派手だけど、嫌みがなく上品で超格好いいよね。私は着こなせないけど。貴女のデザインには昔から魔力のような、何か人を惹きつける魅力があるわね。これから頑張ってダイエットしようかしら」

と羨望交じりのお祝いの言葉を皆、口々にジーウに贈ってくれはしたが、まだまだ成功と呼べる状況ではないことをジーウが一番よく知っていた。

飲み物を手にした出席者と暫く歓談した後、こんどはジーウが来賓に向け最後の挨拶に立った。

「皆様、本日はお忙しい中、こうしてお集まりいただき誠に有難うございます」

と冒頭の挨拶に続けて、起業に至った経緯などを手短に紹介し、

「今日ご出席いただいた皆様を始めとして、多くの方々のご理解とご協力のお陰を持ちまして、長年の夢でもあった独自のブランド会社を持つことができました」

と感謝の意を表した後、ビジネス遂行の基本方針として〈各部門でＡＩやＶＲ技術を活用し、お客様の潜在的・顕在的ニーズをいち早くキャッチして具現化した製品をタイムリーに発信していきたい〉と述べ、これまでの失敗談をいくつか紹介した。特に、ＶＲでの失敗談は人気を呼び、会場を和ませた。

ＡＩ／ＶＲ技術部長の高橋の話では、

「J-Fashionは世界中の優れた素材を使用するため、時には、統一感に欠けた、まるで異次元世界のエイリアンのファッションを具現化したような製品になることがありました。でも、それらを現代に作り変える作業の過程で大きな成功のヒントも得ることができました。

例えば、素材がシルクと革のワンピース、異なる素材をつなぐだけでも技術的に難しい課題を乗り越え、さらにデザイン性とファッション性の二つを兼ね備えた製品をつくらなければなりませんでした。もちろん、素材の持つ光沢や機能性を失わず、ファッション性

を高め、多くの支持層を得るためにＶＲは創造的で、とても役にも立ちました。

一例ですが、外国のあるお金持ちのお得意様からＶＲリクエストで『豪華な革と毛皮を背面に、前面にはペイズリーと花柄のシルクで私だけの特別なワンピースを至急作って欲しい。デザイン等は全て任せる』の一言、スタッフ総出でＶＲを駆使してお客様の顔写真を入れ、数日後に完成品をお見せしたところ、あまりの奇抜さとお客様のお顔が不釣り合いのため、受注を諦めていたんですが、逆にお客様にはそれが好評だったみたいで、『すぐに注文したいので、納期はいつ頃になるのかしら?』という風に、まるでオートクチュールのようなご注文をいただくケースが多くなり、ＶＲによる試着感を確認し、また服の組み合わせを楽しむなどの目的からさらに飛躍して、オーダーメイド的な役割があることに気づかされました。

もう一つ面白い例があります。アフリカのマサイ族の方々から、いくつも注文をいただきました。『牛をたくさん飼っていて、放牧の時に牛が言うことを何でもきくような服を作って欲しい。全部任せる。後でＶＲを送れ』の一言。私もスタッフも騒然となり考え込んでいた時、営業の山口が、『マサイ族なら友達がいるので、大丈夫ですよ。何とかなります』

『本当に大丈夫なの？　言葉は？　何が何とかなるの?』

『スワヒリ語の他にも、いくつか話せるので心配いりませんよ』もちろん、それには裏付けされた経験があるからなのですが、彼は元々旅行好きというか、もう旅行気ちがいが正しいかも、世界中を旅していて、今も現在進行形なんですが、仕事の暇を見つけては変な国、失礼、珍しい国ばかり旅して回っている男なんですが、我々にとってはとても貴重な人材なので、VR導入を機に彼を海外出張専門要員として、拘束せず、定住先を持たず、世界中から情報を収集してもらうことにしました。今では彼の奥さんがアフリカに十人以上いることも判明しましたが……（笑）。

このように世界中の珍しい素材や生地、デザイン、またそれらが生まれた背景や歴史に至るまで、仕入れソースもしっかり確保していますので、製品づくりに支障をきたすこともありません。

彼が言うところの何とかなるの続きですが、今回、注文をいただいたマサイ族が望む服とは、山口から村長《ムラオサ》を通じて、村一番の祈禱師による神のお告げをベースにデザインした服でした。大きな赤い目と真っ黒で大きな三角の鼻を大胆にモチーフした服のVRを送信すると、二つ返事でご注文をいただきました。注文確定後、完成品を会社の入り口にしばらく飾っていたんですが、お客様が誰も来なくなって、慌てて壁から外したほど、迫力がある服でした。笑」

会場からドッと笑いが沸き起こり、他の商品のアンコールがあったが、時間の関係でその場を終えることにした。

「まだ若輩者で至らぬ私どもですが、今後とも皆様のお力添えをいただき、頑張ってまいりますので、忌憚なくご意見をいただけます様、よろしくお願い致します」と結んだ。

続いて、GINZASIXの共同出資運営会社の1つであるS商事の担当役員が、〈GINZASIX出店のお礼とお祝い〉の来賓挨拶、そのあと何人かの簡単なスピーチがあり、そろそろスピーチを終えようとした時、予定にないジーナが立ち上がって壇上に登って行こうとするではないか、
ジーウが駆け寄り、

「どうしたのジーナ？　予定外よ。もうスピーチは終わりよ」

「いつも私が予定通りの普通の人じゃないこと貴女が一番よく知っているでしょ？」

「それは分かってるつもりだけど、今なの？」

「今でしょ」

「何それ？」

二人の声はジーウのマイクを通じて、会場に筒抜け。会場はまた思いもよらぬ笑いに包まれた。

「Ladies and Gentleman, Welcome to our party……」

あの派手な出で立ちと英語交じりでスピーチを始めたので、会場はこれまでになくドッと盛り上がり、まるで怖いもの見たさの体で皆聞き耳を立ててジーナのスピーチを待った。

「皆さん、J-Fashionジーウのことをどうお考えですか？　抜け目なく、ビジネスに長けたキャリアウーマン？　それとも、何も考えてない理想主義者？　経営者？　そのどちら

でもありません。彼女はああ見えて、すごく地味で努力を重ねて重ねて重ね過ぎるタイプです。私とは正反対の生き物です。失礼。そして、性格も正反対。幼い頃、ソウルの公園で遊んでいた時、私が計画して、ある庭のスモモを少しだけいただこうとして隣の怖い、子供から見ると鬼のようなおばさんに捕まったことがあるんです。もちろん、私は捕まるようなヘマはしません。

実行犯三人の内、捕まったのは彼女ジーウだけなんです。でも、捕まるだけならまだしも、そんな怖い鬼に問い詰められても、逃げた私たちの名前を最後まで言わなかったんです。驚きでしょう？　私ならさっさと逃げた仲間の名前を言うことを条件に、鬼から解放してもらう交渉を巧みにできたのですがそれを全くしなかった。笑。だから、その時、私は誓いを立てました。将来の保険として、彼女だけは絶対に手放さないと、神様と仏様に、生まれて初めて、強く、正直に祈りを捧げたのです。家族も驚くほどでした。皆さん!!どうですか？

鬼と娘の昔話ではないですよ。心温まる良いスピーチだと思いませんか？」

会場はどよめき、割れんばかりの拍手と笑いと涙に包まれ、ジーウとジーナを称賛する声が絶えなかったので、ジーナから壇上に呼び出されたジーウは恥ずかしさと嬉しさの中にも、ジーナの偽りのない真の優しさと真心を感じ、涙が止まらなかった。

それは、まるでJieu & Jinaを予感させる幕開けでもあった。

ジーナからジーウの紹介が終わり、J-Fashionの前途を祝して再び乾杯と挨拶をした。ジーナは英語、他の人は日本語で、テスとアンナが、ポイントをヨンミに通訳してやり、ヨンミは時々頷きながら、顔をほころばせて聞き入っていた。

その後、参加者は、１時間ほど飲み物を片手に歓談していたが、その合間に中学１年になったエドワードがこの日のために猛練習したバイオリン、テスのフルート、アンナのピアノのトリオでドビュッシーの『春』とエルガーの『愛の挨拶』、ハイドンの『セレナーデ』、その他いくつか曲を繰り返し演奏して、その場を盛り上げた。

こうしてジーウのJ-Fashionは競合ひしめく業界への船出を果たしたのだった。

中学生になったエドワードは、自分の出生のことが日に日に気になりだしたのか、まだ知らぬ父親のことをしばしば口にするようになっていた。

「ママ、僕のお父さんって、どんな人？　今どこにいるの？　知ってるんでしょう。ねー教えてよ！」

ジーウは、

「優しくていい人よ」

とさし障りのない返事をしたものの、それ以上詳しいことを話すのは躊躇した。

特に外見などを話すと、エドワードも会ったことがある〈ハリスを想い浮かべるのでは？〉との懸念があったからである。ある時、エドワードがジーウの持っていたアルバムの中の一枚の写真を見つけて言った。

「ママと一緒に映っているこの人は誰？　なんか見た気がするんだけど」

ジーウがまだハリスと付き合っていた頃の写真で、たまたま撮ったツーショットだった。ジーウは内心〈しまった！〉と思ったものの、見られた以上、嘘も言えず言葉を濁すしかなかった。

「ハリスさんよ。エディーも前に一度会ったことがあるでしょう？　覚えている？」

「うん、何となくね。それで、ママはあの人と仲良しなの？」

「うーん」

ジーウは冷や汗たらたらだった。

このようなエドワードの父親に関してのやり取りは、一度や二度ではなく、かなり頻繁に繰り返されるようになり、我が子とはいえ、そんなエドワードに手を焼くあまり、親子喧嘩に発展することも度々あった。それに加え、ハリスからジーウへのEメールも3日に一度は来ていたが、日常的な話題はともかく、エドワードへの関心を暗に仄めかしたものが多かったので、その度にジーウは、事実を伏して曖昧な答えをするしかなかったが、ある時のメールに、こんな困ったものがあった。ハリスから、

「近いうちに日本に行ってみようと思っているんだけど」

ジーウ、

「そうなの？　仕事？　それとも私用で何か特別な用事でも？」

「そうじゃないけど。なぜかエドワード君が気になって、……もちろん君にも会っていろ

いろ話をしたいし」

「貴方が日本に来ることに反対はしないけど、……エドワードに合わせるのはねー」

「どうして？　エドワード君が僕の子でないなら、まして反対する理由はないと思うけど」

「エディーは中学生になったばかりで、多感な時期でもあるし、……」

ジーウは心の中で迷っていた。いつかはハリスにエドワードが〈あなたの子〉だと、またエドワードには〈ハリスがあなたのお父さん〉だと告げなければならない時が来るとは覚悟していたものの、それが何時かは決断が付かなかった。そんなことが度重なる状況が続き、ジーウはエドワードとハリスの間で板挟みになって、考え、悩み、苦しんだ。


一方、ダニエルとは、ジーウがJ-Fashionの社長、ダニエルは部下で総務部長の関係ではあるが、お互い恋人を意識してない訳ではなかった。特にダニエルからは、折につけジーウへの想いを表すことがあったが、会社を立ち上げたばかりで、しっかり軌道に乗せ、発展させるのが急務であり、仕事とプライベートの恋愛は別だとは言え、今、社内で恋愛に現を抜かしている場合でないというのが本音だった。


特に息子とハリスの件で対立しているジーウにとっては複雑で偽らざる心境だった。

新たに船出したJ-Fashionの滑り出しは、順風満帆と言うにはほど遠い、厳しいものだった。ジーウを始め、従業員一同は、ファッションに関し、特に女性ファッション業界において、ブランド名が如何に大きな影響力を持つかを改めて痛感させられていた。売る側が商品を、いくら自信を持ってユーザー（消費者）に勧めても、またその商品が客観的に見て、どんなに良い商品だとしても、ユーザー（消費者）の認知度が低ければ、たやすく買ってもらえるものではない。その点、定着した人気ブランド商品であれば、一定の安心感と保証感があるので、購入しやすいのだろう。特に、その違いは、高価格になるほど顕著になると言える。思ったように業績が上向かない時でも、ダニエルが中心になって進めた、ＡＩを駆使した〈バーチャル試着〉〈バーチャルコーディネート〉などは、ユーザーが自宅のパソコンなどからアクセスして、J-Fashionの製品を実際に身に着けたように確かめられるというメリットから好評だった。問題は、洋服にせよ、バッグにせよ、帽子でも、メインターゲットとなる客層をどこに置き、どんな価格帯で販売するのか、という基本戦略が問われる中、ジーウはどちらかと言えばアラウンド・フォーティー以上を対象に、比較的高額で贅沢感のある商品開発をメインに考えていたのに対し、ダニエルはまず年齢層に関係なく、比較的廉価でお得感のある商品に注力すべきとの考えだった。

ダニエルがしばしば口にしたのは、

「とにかく、先ずJ-Fashionという名前を多くのユーザーに知ってもらい、認知度を上げることが先決だと思う。そのためには、商品の本来的価値、デザイン、使い勝手、お洒落感に加え、手頃感・お得感を感じてもらうことが重要であり、価格はできるだけ抑えなければならない」

　これに対しジーウは、亜希子や他の社員にも意見を聞いてみたが、総じてダニエルの考えに同調する意見が多かった。しかしジーウは、まだ従来からの、

「中高年で比較的裕福なご婦人方を主な対象としたビジネスを行いたい」

　という考え、主張から中々抜けきらず、ダニエルとも衝突することが少なからず繰り返された。その間、J-Fashionの業績は上がらず、ジーウのみならず全従業員の間にも不安と焦燥感が色濃く漂いだした。開店して1年が過ぎる頃、ある席で亜希子が切り出した。

「私も当社の状況に強い危惧を抱いています。この状況を少しでも改善するには、何か従来とは一味違う商品計画などが必要ではないでしょうか？　そのための施策として、私が考えていることを改めて述べさせていただければと、……」

　と前置きし、ジーウとダニエル、そして数名の幹部の前で続けた。

「まずお手頃感のある商品をメインにスタートし、その中で販売数が伸びた商品を中核に据え注力することで、先ずは当社の認知度や好感度を上げ、それがある程度、達成された後、徐々に高級路線も含めてビジネスの幅を広げていくのが良いのではないでしょうか。ユーザの女性心理として、J-Fashionを身に着けていることが、多少でも虚栄心やプライドをくすぐるようにならなければ、……」

　それまで、悩み苦しみ、考え続けたジーウが口を開いた。

「私も当社の基本的ビジネス戦略の方向付けについて色々考えてきました。業種は違いま

すが、高級路線から大衆路線に舵を切ろうとしたある家具メーカーの失敗や低価格路線から出発し業績向上につれて、徐々に中間価格路線を取り込むことで成功した衣料品メーカーなどの例も参考にして考えました。その結果、亜希子さんやダニエルさんがおっしゃるようなビジネス戦略が良いのではと思い始めています。ただそのためには、比較的低価格でありながら、ユーザーから見てお得感、斬新性、ファッション性のあるものでなければなりません。それを実現するには具体的にどうすべきかを考えなければなりません。是非皆さんには、その具体策についてご提案いただき、それをたたき台にして議論し方向性を決めたいと思いますので、よろしくお願いします」

こうして、会社幹部と従業員に新たな課題が与えられ、調査・検討が開始された。

約3か月が過ぎ、様々なアイデアや提案が机上に上がり、その都度、より詳しいリサーチやディスカッションを通じて浮かび上がった案の一つが、〈国内外を問わず、地方や国ごとに伝統的な織物や皮革の生地があり、それをうまく利用することで、価格を抑えながらトレンド性の高い製品に仕上げられまいか〉との提案だった。

具体的な話題に上ったのが、

「日本国内では、西陣織、結城紬、博多織などから弓浜絣、伊勢崎絣、等々、選びきれないほどあり、まして世界ともなれば、我々が知らないだけで、特徴的で価格的に魅力的な生地などが沢山あるのではないでしょうか」

と多数の意見が上がってきたので、幹部と協議の結果、この線で調査検討を正式に開始することとなった。そのため、国内生地の調査検討は主に企画部が中心となって進め、海外の方はまずタイ、ベトナム、フィリピンなどの東南アジアについては、先ずジーウが出張して自分の目と足で現地調査することになった。ジーウは亜希子ともう一人を伴い約十日間の出張に出掛けた。そして、ジーウが留守中の仕事は全てダニエルに一任された。

今回の出張の話が出た時、ジーウの脳裏にすぐに浮かんだのは、1年ほど前、亜希子と革製品と織物に明るい山口を連れて訪れたタイとベトナムでの経験だった。

それは自分の手で触れてみた革製品と織物製品のことだった。もっともあの時は、自分が開発する製品に採用したいという思いは微塵もなく、何となく〈素敵、キレイ、今っぽい〉などの印象や、〈生地は思ったより安価に手に入るんだ〉くらいに思っていた。

そして、亜希子もあの時とは違っていた。「社長の優れたデザインと安価な材料が」もしかしたらヒット商品を……でも今度は自分が本件の中心になり、本格的市場調査を行わなければならないという意気込みが全く違っていた。

ジーウは、ベトナムのホーチミン市にある有名な革製品の店Ｂ＆Ｙで見掛けたちょっとお洒落で感じの良い製品に使われている革生地と、タイ東北部のイサーン地方で見掛けたタイシルクの生地が特に気に入った。ジーウは頭の中で、この2種類の生地を組み合わせた女性用バッグのデザインを思い浮かべていた。ホテルに帰ると、亜希子とＰＣを使って、様々なデザインを描き、そこにベトナム革生地とタイシルクを組み合わせたバッグのイメージを幾通りも作らせ、画面に表示させた。

「これはどう?」

「そうね、……」

「じゃー、こんなのはどうかしら?」

「まあまあと思うけど、この辺がイマイチかな?」

などと延々と試行を繰り返した。

そうしているところに、山口が持参してきたいくつかの革とシルクの見本を見せながら、今度は三人でデザインの打ち合わせが始まった。

「社長のデザインとシルク、そして革製の生地、この三拍子がばっちり揃いましたね。これでヒット商品間違いなし」

亜希子が、

「これ、いいかも。これだと年齢層にあまりとらわれずに、セミフォーマルとして気軽に着て歩けそうだし。それに斬新さとちょっとした高級感もあって、いいんじゃないですか?」

とやっと、意見が一致した。さっそく試作品を作るための生地を注文して帰国した。

約10日後に生地が送られてきた。その間、さらに使いやすいデザインや耐久性の検討を重ねて、やっと仕様書が完成したので、すぐに製造業者に依頼し、試作品の製作に取り掛かった。2週間ほどして、10個の試作バッグが出来上がってきたので、さっそく社内で品評会をしたところ、評判は上々だった。

それを受け、ダニエルがモデルにそのバッグを持たせ、色々な角度から撮った画像をJ-Fashionのホームページにアップしたところ、みるみるアクセス数が増え、数万単位まで上がり、社内が騒然。

「これって絶対欲しいアイテム。こんなの待ってたんだ。いつ発売？」

「これなら会社にも持って行けるし、会社からパーティー会場にも直行できそうね。そんなに気取ってもなく、プライベートでもよさそうだから、使い勝手がいいわ」

「価格はまだ決まっていないようだけど、3万円以下で買えるなら、すぐ彼に買って貰らおうっと！　彼、こういう革とかシルクが大好きなんでいちころよ」

などなど、思いの他プライベートなあからさまな感想や意見が数多く寄せられたのには皆驚いたが、これこそが本当に生の声で誰もが欲しがる貴重な情報だった。会社も、大体2〜3万円を想定していたこともあり、ユーザの声と一致したことで市場調査の重要性が周知され、商品化への決断に時間を要さなかった。

これらの商品が市場店頭に出されて半年くらいで、J-Fashionの売上と利益はシェリボウの時のように右肩上がり、会社にも笑顔と活気があふれ、従業員が遣り甲斐と生きがいを持って働いているのが誰の目にも感じられた。ある日曜日の昼頃、ジーウとエドワードはランチを取ろうと六本木ヒルズ近辺をぶらぶら散策していた時、突然エドワードが言った。

「ねー、ママ。あれ見て、ママのバッグじゃない？」

「えっ、どこ？」

ジーウが目をやると、確かにJ-Fashionのバッグだった。

「そうねー。よく分かったわね。どうして分かったの」

と聞くと、エドワードは、

「だって、あのバッグ、うちに何個も置いてあったから、僕だって覚えてるよ」

そう言えば、試作品が出来た時、ジーウは幾つかのバッグを家に置いていたことがあった。ジーウは心の中で、〈こうして目にするほど、買ってくれている人がいるんだ〉という実感がこみあげてきて、一人でニンマリ、こぶしを叩いて合点なんかしていた時、「ママ？　どこ向いてるの？　一人で笑いながらニタニタして……」

ふいにエディーにおでこを叩かれて正気に戻るほど天然の面白い一面がジーウにもあった。〈エドワードは、私の仕事に無関心そうにしてるけど、ちゃんと見ていてくれたんだ〉という気持ちで、また胸がいっぱいになってトランス状態になって、ぼーっとしていたところ、今度は二人に向かって、まるで餌にハトが集まるみたいに、六本木ヒルズから二人を目指して人が集まるではないか。

「ママ、何かおかしいと思わない？」

「どこが？　ママは何も思わないけど……エディー！　何かした？」

「何が？　何もするわけないじゃん！」

「じゃ、どうして皆、ママたちを見てるの？」

「えっ！　あっ！　わかったママ、それだよ、ママの服とバッグだよ！　家に置いてたJ-Fashionのでしょ？」

ジーウは忘れていた自分に唖然となった。そして、今度はエディーを指さした。

「エディー！　お前の服と靴もママと同じだよ！」

「あっ……そうだった。今日はママとJ-Fashionの宣伝をしようって一緒に来たんだったね。僕忘れてた、へへへ……」

親子ともども天然の家系だったことも忘れ、まるで他人ごとのように知らん振りを決め込んでいたが、流石に様子がおかしいことに気が付いたのだった。

こうして、おかしいストーリーの中、例のバッグが『金のなる木』として不動の地位を占めだした頃には、他の普段着やフォーマル、それにカジュアルの洋服分野でも、ぽつぽつ『花形製品』が出始め、J-Fashionのビジネスも軌道に乗り始めた。

こうしてジーウの気持ちにも少しゆとりが生まれたこともあって、ダニエルとのプライベートな時間も増え、関係も少しずつ潤いのあるものに変わっていった。でもジーウにはどうしても気掛かりなことがあった。それはハリスからのメールだった。電話は相変わらず続いていて、その度に〈エドワードは自分の子供ではないのか？〉との疑念や思いが言葉の端々に込められていたし、ジーウの中途半端な受け答えに対して、語気を強め、詰め寄ってくるので喧嘩になることも一度や二度ではなかった。またハリスに助長されたように、エドワードまでも、〈一体、僕のお父さんは誰なの?〉とジーウを強く問い詰めるシーンもしばしばあった。困ったことには、ジーウとダニエルの距離が狭まるにつれ、エドワードはあんなに仲良しだったダニエルに対し不快な感情をあらわにしたり、避けるような態度を見せ始めたりしたことだった。

エドワードが16歳になった夏休みに、話し合いの末、ハリスが日本に来て、三人で会うことになり、不承不承応じるしかなかった。

■第６章　ＤＮＡ鑑定

エドワードが16歳になった8月の夏休み、ハリスが３日間の予定で来日することになった。何かの商用もあったようだが、ジーウには〈自分とエドワードに会うことが主目的では〉と感じられた。今回のハリスの来日は、ハリスとジーウがメールを通じて、事前に調整したものだが最終的にジーウが根負けして、折れた形での実現となった。

ハリスの来日当日、ジーウはエドワードと東京赴任当初に購入した真っ赤なＭＩＮＩ（ＢＭＷ）で成田空港へ向かった。午後3時半過ぎ、ジーウとエドワードが第２ターミナルの到着ロビーで待っていると、ちょっとした手荷物を持った軽装のハリスが姿を現した。

ハリスが目ざとく、

「あっ、エディーとジーウだ」

と言って二人に駆け寄ってハグした。ハリスはエディーに、

「Do you remember me at a mallin Seattle?」「of course not」

ジーウとハリスはお互い、

「やあ！　久しぶり、元気そうね、……」

と軽く挨拶を交わした。

ジーウが、

「フライトはどうだった？」

と聞くと、ハリスは、

「うーん、9時間は長く感じたよ。君たちに会うのが待ち遠しかったのでなおさらのこと……」

ジーウはそれには答えず、

「車で来ているので、行きましょうか？」

と促し、三人は駐車場へと向かう途中、お互いの近況について話した。やがて、ハリスが予約してあった新宿のホテルに着いた。ちょうど夕食時だったので、ホテルにパーキングし、予約を入れてあった中華料理店に入った。

三人は、酢豚、マーボー豆腐、アサリ入りチャーハンなどを楽しんだが、一番嬉しそうにしていたのはハリスだった。ハリスはジーウとも色々積もる話をしたが、エドワードとの会話が特に楽しそうだった。1時間程過ぎ、すっかり打ち解けた頃、ジーウが化粧室へと席を立った。するとハリスが、

「ねー、エドワード君。僕たち仲良くなれそうだね」

エドワードが答えた。

「うん、そうだね」

ハリスは、

「ありがとう。そう言ってくれると嬉しいよ。じゃ仲良くなったしるしに、僕の名刺を渡すから持っておいて。電話番号やメール・アドレスも書いてあるから、いつか君の役に立つかも知れないし…」

「うん、分かった」

「でもママには内緒にね、僕たち男だけの秘密にしよう」

「そうしよう」

そうこうしているとジーウが戻ってきて、声を掛けた。

「何か、二人でこそこそ話していたみたいだけど、どうかしたの？　何か様子が変だな…」

エドワードは、

「何でもないよ」

と、ハリスに軽く目配せしながら答えた。ジーウは、エドワードとハリスが並んでいるのを見るにつけ、改めて二人が似ているのを認めざるを得なかった。〈ジーナが前に言ってたけど、確かにそっくりだわ。血は争えないものね。今日も、ハリスからそれとなく言われたし、エドワードもハリスがすごく好きみたいだし、……これからどうすれば良いのかしら？〉

そうこうしているうちに、あっという間に2時間が経過。

会食は終わり、ハリスをホテルに残し、ジーウとエドワードは帰宅したのだった。

ハリスは2泊3日でアメリカに戻ったが、エドワードには1枚の名刺が残された。それが、後日大きな意味を持つことになるとは、ジーウはもとより、当のエドワードさえ夢にも思わなかった。

ハリスが帰って数日後、エドワードは、ハリスの名刺に記されていたEメール・アドレスに、先ず短いテストメールを送ってみた。その日のうちにハリスからリターンメールが届いた。

「メールありがとう。こちらからメールして、お母さんに見つかったら困ると思い、控えていたんだけどエドワード君からもらって安心したよ。こないだは東京で色々ありがとう。君に会えて本当に嬉しかったよ」

エドワードは早速、

「僕たち二人のホットラインができて良かったです。これからはメールで交信できるようになって」

「ありがとう。こちらこそ、よろしくね」

こうして、二人の秘密のメール交換が始まったが、それを機にエドワードとジーウの間では〝父親〟のことで意見がぶつかることも多くなってきた。

エドワードがしばしば、

「ねえ、僕のお父さんは誰なの？　ママは知っているよね。なのに、どうしていつも教えてくれないの？」と詰問すると、ジーウは決まって、

「今はまだ知らなくていいの。時が来たらちゃんと説明するから、それまで待って」

「どうして、今じゃないの？」

「どうもこうもないわ。ママが判断することだから。エディーにはまだ早いと言ってるでしょ」

「僕、もう子供じゃない、高校生だよ、もう教えてくれたっていいと思うけど。そんなに教えたくないなんて、ママは何か隠してるんだ。そんなママなんて嫌いだ。ママはいつも僕には早く自立ができるように、何でも自分で考えて行動するよう言ってるくせに」

「エディー、ママを困らせないで。お願いだから、今はママの言うことを聞いて」

いつもは何事にも理論立てて教えるジーウだが、今回の父親の件については、答えにならない答えを繰り返すばかりで、その場をやり過ごすしかなかった。

ある日のこと、エドワードから、

「僕のお父さんってどんな人かな？　ハリスさんみたいな人だといいけど」

という問いかけに、ジーウは一瞬ギクリとして思わず、

「ハリスさんも良いけど、ダニエルさんのことはどう思う？」

と言ってしまった。内心〈しまった！〉と思ったものの、後の祭りだった。

「僕はハリスさんの方が良いな。なんか不思議と気が合うし、ダニエルさんも嫌いじゃないけど、ママのことが好きみたいで、なんか嫌だ」

ジーウは冷や汗たらたら……言葉に窮していた。

その後、J-Fashionはドレス、バッグ、帽子などの分野でいくつかの〝金のなる木〟や〝花形商品〟が生まれ、比較的順調に業績を伸ばし始めた。ジーウはさらに将来のアジア展開を見据え、先ずは母国韓国での足場を築くため、ソウルでファッションショーを開くことにした。それほど大きなショーではなく、IT技術を活用して来場者に参加意識を持ってもらえるようなプログラムを構成するため、ステージショーの外に、HMD（ヘッド・マウント・ディスプレイ）を駆使したAIによるVR／AR空間への体験も取り入れた。

今回韓国でのファッションショーの開催に当たっては、ジーナに事前に相談したところ、強く興味を持ったジーナが、〈自分もぜひ参加したい〉との意向を示したため、ジーウは関係する社員数名に、アドバイザーとしてジーナを加えたチームを作りショーに臨んだ。モデルはダニエルが東奔西走し、東京にある代理店を通して、現地の韓国人五名を何とかかき集めることができた。今回の韓国出張は3泊4日、エドワードとミアを東京に残し、亜希子が二人の面倒を見た。ファッションショーには数十名の参加者が集い、モデルがランウェイを歩く時、観客がHMDを装着すると、刻々と変化する大スクリーンを背景に、自分がそのモデルに代わってランウェイを熱い視線を浴びながら歩いている感覚になると共に、その姿をスクリーン上で客観的にみられるなど、様々に工夫された仮想体験ができ

るものだった。参加者の感想は、

「こんな体験、初めてだわ」

「素晴らしい。私もモデルになった気がした」

「最新技術を使えば、こんなこともできるんだ〜」

「すごく気に入ったから、J-Fashionブランドのファンになって友達にもひろめたいな」

等々、とても好評だった。

金浦空港から羽田に向かう機中、ジーナが、

「今回の企画、ある意味成功かもね。新しい試みも加えて、これまでのものとはちょっと趣の異なるファッションショーになったわね。私も楽しんだけど、参加者は全員私より楽しそうだったし、少し驚いたような表情もしていたけど、それだけインパクトがあったって証拠ね。とにかく、良かったわね！」

ジーウは、

「ありがとう。これでJ-Fashionの韓国での認知度が少しでも上がれば嬉しいわ。将来的には韓国、さらに東南アジア諸国にも出店を計画したいし」

と答えた。

ジーナ、

「そうね。ゆくゆくはアメリカやヨーロッパ進出も視野に入れてね」

ジーウ、

「そんな時が来るといいけど、……。その時は貴女に全面協力してもらわないとね」

ジーナ、

「来た来た、それってスモモ泥棒の借り返せってことね」

羽田には亜希子が車で二人を迎えに来ていて、三人はエドワードとミアが待つ六本木のマンションへと向かった。

ジーウたちが韓国から戻った翌日の夜、留守中にエドワードが撮ったスマホの写真を何枚か見せてくれた。その中に、亜希子とダニエルが仲良さそうに映ってる写真もあった。

ジーウが、

「ダニエルさんも来たの？」

と聞くと、エドワードは、

「うん。一緒に遊んだ」と答えたので、
ジーウは、

「そう、良かったわね」

と仲良しだった二人に安堵した気持ちとは裏腹に、なぜか不思議な嫉妬心のような感情を覚えたが、それがダニエルへの愛であることを認めざるを得なかった。

東京が満開の桜でにぎわう4月1日、H大学経済学部に留学生枠で合格したテスの入学式が国立市のH大学西キャンパスの講堂で行われた。式には韓国から来た母親のヨンアと姪のアンナ、それにジーウも参加した。参加者は皆、晴ればれとして嬉しそうだった。ヨ

ンアが、

「桜の上品な華やかさと講堂のクラシカルな雰囲気がマッチして素敵ね」

と言うと、テスは、

「うん、この講堂はロマネスク様式と呼ばれ、すごく伝統があるんだよ」

と仕入れたばかりの知識を披露する。すると、今度はアンナが、

「お兄ちゃん、一応勉強してるんだ〜」と冷やかした後、

「私も将来こんな環境の大学で学びたいな」

と本音を漏らすと、テスが待ってましたとばかり、

「なら、お兄ちゃんよりもっと勉強しないとね」

と茶々を入れる始末。

アンナも負けてはいない。

「お兄ちゃんには、言われたくないわ……」

実際、学校の成績はアンナの方が上だった。ジーウもＨ大学の構内に入るのは初めてで、東京は知っているつもりでも、新鮮だった。式の後、三人は構内を散策した後、帰りがけに新宿でイタリアンを楽しんでからジーウのマンションに戻った。〈私生活ではエドワードが高校生になったので、もしもの時に備え、クレジットカードを持たせることにしたが、これがまた、後日裏目に出ることになるとは……〉

エドワードは、その後もハリスとメールのやり取りを続けていたが、ジーウの方は、相

変わらず、父親が誰かについては特に触れずに、ダンマリを決め込んだままだったので、エドワードのジーウに対する苛立ちと猜疑心は日増しにふくらむばかり、不満の捌け口がないまま、限界に達していた。

そんな状況下、エドワードは心のどこかで〈もしかしたら、僕のお父さんはハリスなのでは？　そうだったらいいのにな〜〉という思いを持っていたのかも知れない。高校2年になった夏休み、エドワードはある決心をした。一人でアメリカに渡り、ハリスに会って自分のルーツを確かめたいと考えたのだ。もちろん、そこに至るには〈ハリスが自分の父親ではないのか？　この際、自分の中で膨らみつつある疑問をはっきりさせるためにも、膝を突き合わせてじっくり話してみなければ〉という強い思いが働いた。また〈そうかと言って、ジーウに相談すれば、百パーセント断られるだろう。そもそも、ママは僕とハリスさんが親しくするのをよく思っていないみたいだし……〉。

特に、〈僕がお父さんは誰？　と聞いた時に、ハリスさんのことに少しでも触れると、むきになるような気がするし……〉

エドワードは色々考えた末に、ハリスにメールで事前に相談し、アメリカに着くまではジーウに秘密にしておくこと、持って行くものの準備、旅程の調整などを行った。航空券は、エドワードがカードで購入しようとしたが、ハリスが頑として聞かず、〈今回は僕に任せるのが条件、そうでないと、君の計画には協力できない〉と強く主張したので、エドワードは従うしかなかった。

こうして、計画は順調に進み、ある日曜日、ＪＡＬ０６７便で成田空港を飛び立ったエドワードは、翌日の午後4時過ぎシアトルタコマ空港に出迎えに来てくれたハリスと再会することができた。二人はハリスの車でシアトル郊外ベルビューのマンションへと向かった。

エドワードが米国に発った日の夜、9時を過ぎてもエドワードが家に帰ってこないので、ジーウは心配になってきた。エドワードは普段は8時前後には帰宅し、特別なことがあって10時過ぎになる時もたまにはあったが、そんな時は遅くても8時前にはジーウにメールが届いたのに、今回はそれもなかった。心配になって、ジーウがスマホでエドワードを呼び出してみたが、圏外の表示が出て繋がらなかった。10時を過ぎても戻らないため、ジーウは〈警察に連絡しようか〉とも考えたが、もう少し待ってみて、その間に友達など心当たりのある人に連絡して、エドワードの所在確認をしようと、思い当たる人に片っ端から電話を入れてみた。しかし、誰もエドワードの行方を知る者はいなかった。

そして、12時を過ぎても帰ってこないので、ジーウは朝になったら警察に届けようと決心し、その夜はベッドに入ったが一睡もできず朝を迎えたので、いよいよ警察に行こうとマンションを出ようとしているところＬＩＮＥにメールが入った。ハリスからだった。〈今、エドワード君が無事にシアトルに着いたので心配しないでください〉という文面と一緒にエドワードとハリスがタコマ空港をバックに微笑んでいる画像が添付されていた。

ジーウは、あまりにも意外なことの顛末に、呆れ果て、怒る気にもなれず、ただただその場にヘナヘナと座り込んでしまった。その後、エドワード自身からもメールが届いた。

〈ママに内緒でこんなことをして御免。でも僕はどうしてもハリスさんに会って、色々聞きたいことがあったんだ。今回のことは、僕がどうしてもと、ハリスさんに頼んでやったことだから、ハリスさんのことは悪く思わないでね。1週間くらいで帰るから、待っててて〉

ジーウは、エドワードの行動と目的については冷静に理解したし、ハリスと一緒なら特に心配することはないと考え、ハリスに依頼のメールを打った。

「こんなことになってしまった以上、今更あれこれ言っても仕方ないわね。しばらくエドワードのこと、よろしくお願いします」

こうしてエドワードとハリスは寝食を共にしながら、色々なことを話し合った。

エドワード、

「ママに『僕のお父さんはだれ?』と聞いてもどうしても教えてくれないんだ。でも僕はどうしても知りたいんだ。それで『ハリスさんのような人だといいな』っていつも言うんだけど、ママは黙っていて、……」

「そうなんだー。僕にもエドワード君のお父さんが誰かは分からないんだよ。でも、……もしかして」

「もしかして、何?」

「エドワード君は何となく僕に似ているし。僕が君のお父さん、……だったら、いいなと」

「そうなら僕も嬉しいよ」

「エドワード君、ＤＮＡ鑑定って知ってる?」

「うん聞いたことあるよ。親子かどうか、分かる検査だよね」

「そう。この際、思い切って検査してみない？　悩んでいるより、はっきりさせた方がいいと思うけど、……」

「そうだね。僕も賛成だよ」

検査から5日後にＤＮＡ鑑定結果が出た。

二人はまぎれもない〝親子〟だった。なんとなく感じてはいたものの、二人は半ば驚き半ば納得して喜び合った。その日から、エドワードはハリスを、

「ダディー」

ハリスはエドワードを、

「エディー」と呼ぶようになっていた。


いっぽうジーウも考え悩んでいた。〈エドワードもハリスも、誰も傷つけたくない。ハリスのことは決して嫌いではないが、本当に愛してはいないことも自覚していた。女として生まれ、本当の愛を見つけた今、その真実の愛を失いたくない、でも誰も傷つけたくもない〉ジレンマの中でもがき苦しんでいた。そして、もしダニエルにこの事実を告げれば、私のことを傲慢で、独りよがりな女と軽蔑し、私の元を離れるかもしれない。でも今、告

げなければ一生自分を恨み、後悔し続けることになるだろう。それだけは絶対にしたくない〉と思った。ジーウは、考え抜いた末、エドワードと父親のことが原因で最近、不仲だったこと、そして彼が、一人でハリスに会うため渡米したことなど全てダニエルに打ち明けてはいたが、エドワードの父親がハリスであることも打ち明けるべきだと覚悟を決め、ダニエルに連絡した。そんなジーウの目からは、一筋の涙が頬を伝って静かに流れ落ちた。あれほど強かったジーウが、まるで魂の抜け殻のようになり、自分の身体を支えるのがやっとのことだった。

ジーウが連絡して、小一時間ほど経った頃、ドアのベルが鳴る音がしたので、玄関に出ると、そこにはダニエルが心配そうな顔をして立っていた。事情を察して、すぐジーウのマンションに駆け付けたのだった。ジーウは泣きながらダニエルの胸に飛び込んだ。

「何も言わなくても僕には全て分かるよ。そんな素直な君が一番好きだから」

ジーウはダニエルに、ハリスとのそもそもの出会いから、エドワードを思わぬ事情で身籠ったこと、そしてハリスにはその事実を何も告げずにいること、結婚より仕事を選び、東京に来たこと、等々を包み隠さず全て素直に話した。

「正直に話してくれてありがとう。エドワード君も大きくなったから、父親が誰かは気になるだろうし、今回の思い切った行動は、彼なりに考え悩んだ結果だと思うから、叱ったりせず、彼の気持ちを尊重してあげた方がいいと思う」

ジーウは、立ち直った様子で、

「そうね。エディーが帰ってきたら、真実を告げようと思うわ。本当のお父さんはダニエル、貴方だってね」

「You're kidding! 参ったな〜。とても嬉しいけど、それはちょっと、いくらなんでも飛躍し過ぎでは。だって僕たちまだベッドインも何もしてないし……」

「ダニエル、貴方、大人しい顔して大胆なこと言うわね。冗談よ。ゴメン。でも貴方がこうして駆けつけてきてくれて、本当に嬉しかったわ」

「僕もだよ。君が真実を全て打ち明けてくれたので、僕たちの愛はこの瞬間から本物になったね」

「ダニエル、貴方、結構きざなところもあるのね。でもそう言うところも大好きよ」

今回の騒動がきっかけで、ジーウとダニエルはお互いの気持ちをしっかり確かめ合い、これまで意識はあっても、おぼろげだった愛が、何があっても揺らぐことがない真実の愛へと変わっていく喜びを感じた。

1週間後、エドワードが帰ってきた。

「ごめんなさい。ママに内緒で家を出てしまって。反省してるけど、僕には僕の考えがあったから」

と謝ったものの、特に悪びれる様子もなく、吹っ切れたように明るい表情をしていた。それもそのはず、エドワードにとっては自分のルーツを発見することができたからだ。ジーウの方も、今さら息子を責めてもどうにかなるものでもないし、むしろこれ以上の叱責は逆効果になるのではと考え、エドワード同様に明るく振る舞った。

「心配したわよ。二度とこんなまねはしないでね。ママもエディーの気持ちを考えず一方的な態度で悪かったけど、これからはちゃんと向き合って話すから、必ず相談してね。ところでハリスさんとはどうだった？　楽しかった？」

「うん、すごく楽しかったよ。ママには絶対に聞かせられないし、話せない、思春期の話など男同士の話も色々できたしね。

ハリスさん、ダンディーで、ああ見えても結構やるんだよ」

「何が、やるのよ？」

「だから、ママには言えない男同士でしか分からない話だよ。女の人にもてるんだよ」

「エディー！　貴方、いつからそんなに意地悪になったの？　アメリカに行く前と後でまるで別人みたいだわ。これがビフォー・アフターと言うのかしら……」

「ママ！　何を一人でそんなに笑ってるの？　僕は元々、ママに似て理解力と環境への適応能力が特別に高いからね。あるアメリカの大学論文によると、高校生から自立意識や精神が養われ始めるんだって。そして、それをいかに高めるかで社会への適応能力や恋愛にも役立つことが証明されているんだ。だから、僕はママが考えているような、ただの子供じゃないから。客観的に大人の恋愛を理解することができるんだよ。例えばだよ、ママとハリスさん、ハリスでいいね。二人がどんな事情かは知らないけど、恋に落ちて僕が生まれたとしても僕は何も驚かないし、軽蔑もしないから。恋愛には決まった形などなく、千差万別であることも、僕なりに一人っ子の時間を生かして勉強したからね。ハーレクインシリーズの電子版なんかすごく役に立ったよ。ママのくれたクレジットカードでいっぱい買って読んだ」

「エディー！ 貴方って子は、いつのまにそんなおしゃべりになったのかしら？ そういえば、ハリスは昔からとんでもないおしゃべりだったっけ……??」

「ママ、何か言った？」

「何でもないわよ。こっちの話。でも女性にもてるとは意外ね」

「何が？ とにかく、変に隠そうとすればするほど、真実が遠ざかり、逆にフェイクな方向に行ってしまうことを僕は言いたかったんだ」

「なんか、いつの間にか、ママがエディーから教えられてるみたいね。ハハハ、……」

「そんなことないよ、ママはすごい人だから、僕はママを尊敬しているし、ママにはいつまでも、どんなことに対しても真実の人であって欲しいから。でも本当に今回の渡米はママには悪かったけど、僕にとっては自立するためのすごく良い勉強になったよ。僕も将来、ママのような真実の愛を手に入れたいんだ。ハリスさんの彼女、確かミッシェルだったかな～、ちょっと変わってるけど、すごく面白い人」

「あっ、そう、それは良かったわね。エディー様！」

「ママって、本当はすごく素直で可愛い人なんだね」

「エディー!! ママを子供みたいに言うのやめなさい」

「ママ、話は変わるけど、実はね…アメリカでDNA鑑定したんだ。……そしたらハリスさんと僕は親子だった」

「え、え、何、急に……!?」

ジーウは言葉にならなかった。しかし少し冷静に考えると〈いつか明かさなければならないことだし、自分からエドワードに告げて変なショックを与えるより、こうしてエドワード自身が自主的に行動し、真実に辿り着き、その結果に満足しているのだから、むしろ良かったのでは〉と思い、自分でも驚くほど、落ち着いた態度で、

「あっ、そうだったの。今まで黙っていてゴメンね」

と正直に真実を打ち明けたのだった。

ハリスが父親だと分かってから、エドワードのダニエルに対する態度も徐々に変わってきた。以前は、ハリスと比較してダニエルを見ることが多く、いわば対抗馬としてのダニエルを快く思わなかったが、ハリスが父親であることが判明した今は、そんな感情も薄れ、母親の真実の友達あるいは恋人としても冷静に見られるようになっていた。

一方、ダニエルは、土曜日や日曜日など湘南などに出掛けては趣味のサーフィンを楽しんでいた。そんなある日のこと、エドワードはダニエルからサーフィンの面白さを聞かされて、

「僕もやってみたいな。今度教えて」

と言うと、ダニエルは二つ返事で、

「もちろんさ、楽しいよ。今度一緒に行こう！　その時、基礎から教えてあげるよ。でも一つだけ条件があるんだ」

エドワード、

「条件って？」

「僕にルービックキューブを教えてくれること」

「分かった。まず一番簡単な２×２から教えてあげるよ」

取引が成立。実はエドワードが日本に来て間もない頃、ジーウに連れられてデパートに行った時、たまたまおもちゃ売り場でルービックキューブを見つけて、

「マミー、これ何？」

ジーウは、

「ルービックキューブって言う立体パズルみたいだけど、ママにもよく分からないわ。頭を使うパズルのようなものらしいけど……」

「ふーん、欲しいな。買ってくれる？」

「いいけど。いろいろな種類があるみたいだから店員さんに相談してみようね」

結局、その日は初心者用のいちばん易しい２×２を買った。エドワードは、YouTubeなどを見ながら熱心に独学でメキメキ上達していった。そして、『東京くるくる会』というルービックキューブの会にも入りメンバーと切磋琢磨練習して、競技会に出たりして技を磨いた。今では３×３、４×４、ピラミンクスとかなり難しいタイプをより短い時間で

できるようにもなっていた。エドワードはその腕前をジーウはもとより、ジーナ親子、ハリス、ダニエル、亜希子やインターナショナル・アカデミーの友達や先生にも披露することがあった。

そんなエドワードも高校時代に終わりを告げようとしていた。彼の希望では、高校を卒業したらアメリカの大学に入り、ハリスの元から通おうと考えていた。もちろんジーウにも相談していた。

「エディー、貴方が望むなら、私からハリスにも相談してみるわ」

と以前とは違い、ジーウからも前向きな答えを得ていた。

エドワードが高校3年になって、進路を決めなければならない時、自分なりに色々調査研究し、シアトルの大学、CARLTEC、Sフォード大を候補にあげ、どこにしようかと迷っていたある日、ダニエルに相談したところ、〈自分が出たSフォードが良いのでは。特にエドワードが将来IT産業に就職したいと考えているので、AI技術に長けているSフォードの情報工学科に進むのが良いのでは〉とのアドバイスがあった。エドワードは、さらにハリスやジーウにも大学生活の拠点も含めて相談し、Sフォード大学で、寮に入り、休みの日はできるだけシアトルに戻りハリスと父息子の時間を過ごすという計画を立て、改めてジーウとハリスに説明したところ、二人とももろ手を挙げて賛成してくれたのだった。あとはエドワードが、首尾良くSフォードに入学するために必死に勉学に励むだけとなった。

■第７章　Ｊ＆Ｊデビュー

J-Fashionはブランドを立ち上げて以来、順調なすべり出しではあったが、さらなる飛躍を遂げるためには、欧米への進出が不可欠と思われた。あの韓国でのファッションショー以来、ジーナはJ-Fashionに特別な感情と興味を持ったようで、時々来日しては、メールや電話などでジーウとビジネス関係の情報交換を深めていた。ジーウも欧米に展開するには、知識と経験が豊富で、人脈が多いジーナの全面的な協力が不可欠だと以前から感じていたので、機会あるごとにジーナにその気持ちを伝えていた。

そして、エドワードが志望通りSフォード大学に入学が決まった年、温めていたJ&JFashionに名称を変更すると共に、ジーウとジーナの本格的な共同経営が始まった。

J&JFashionは、北米進出の拠点とすべき第1号支店を、ロサンゼルスのメルローズ・アベニューに開設することが決まり、支店長のポストにはジーナが就くことになった。

ジーウは、ロサンゼルス支店オープンとジーナの支店長就任を兼ねた式典に参加するため成田からロサンゼルス国際空港に向かう機内で、ジーナとの過ぎし日の思い出がまるで昨日のことのように懐かしく想い出されるのだった。

〈あれは確か、ジーナの大きな家で大学の卒業パーティーが開かれたのがきっかけだった。

十人余りの参加者の中にデビッットがいた。彼は6フィートを越す長身でやせ型、2時間くらいの短いパーティーではあったが、機転が利き、親切で礼儀正しい好青年であることを皆に印象づけるには十分だった。もちろん私も興味を惹かれたけど、その時は特に親しくなろうとも考えずその場限り、いつしか私の記憶からも消えていったけど、後でジーナが教えてくれた話では、『彼、貴女にすごく興味を持ったみたいだった。でも彼、私の趣味にぴったりだったので、なんとしても落とそうとして猛烈にアタックし、時には貴女に接近できなくなるよう間接的な邪魔も随分したわ』でも私はそんなことは、全く知らず、ジーナがデビッドと結婚したと聞いた時は、『何で私を招待してくれなかったのだろう?』くらいにしか思わなかった。でもその後、二人にはミアが生まれて幸せな結婚生活を送っていたみたいで、私は心から『良かったね』と思っていた。でもミアが生まれて2年位経った頃、デビッドは仕事で移動中の飛行機事故で亡くなってしまい、あの時のジーナの悲しみと落ち込みようと言ったら…。今、思い出しても涙が止まらなくなるわ。でもジーナは、それを乗り越え、ミアを一人で立派に育て、明るく元気に頑張っているわ。さすがだわ、そして私のかけがえのない友達〉

支店の開所式とジーナの支店長就任式を兼ねた式典当日、ジーウはまたしてもジーナの耳元で囁くように言った。

「やっと来たわよ貴女の出番が!! 今度こそ、あの時の借りを返して貰うからね」

「貴女も相当しつこいわね、そして懲りないタイプね。だからスモモ泥棒で失敗したのよ。

たしかこないだもどこかの式場でマイクがあることをすっかり忘れて、その大きな声で会場を盛り上げたのは良いけど、また同じことを繰り返したいわけ？」

「何が？　嘘でしょ？」

「嘘だと思うなら周りを見てごらんなさいよ」

「You're kidding!! Jina!!」

するとと周りでドッと笑い声が起こった。

ジーウとジーナの外、ダニエル、ハリスと恋人ミッシェル、ジーナの娘ミア、ロス支店の幹部、業界関係者、東京本店の一部幹部、などが出席していたが、亜希子とダニエル、そしてハリスとミッシェルの爆笑する顔がこちらを見ているではないか。

「しまった〜、またジーナにやられてしまった。Oh my God!!」

ジーウの声がエコーモードになり、前回よりさらに大きくこだますると、会場はまた一気にヒートアップした。

今ではこんな掛け合い漫才のような余興をきっかけに、式典がスタートするようになった。

式典ではまずジーウが、〈J&JFashion設立に至った経緯、今後の事業展開に対する展望、ロス支店とジーナに対する期待〉などを簡単に述べた。次にジーナが壇上に立ち〈ジーウに対する感謝の気持ち、ロス支店長としての抱負と決意〉などを熱く語った。その後は、通常の式次第通り、和やかな雰囲気の中、皆会話を楽しみながら素晴らしい時間が流れた。

ジーナが「ねー、韓国からスモモ大量に輸入して……あっそうだ！　ダニエルに頼んで安く仕入れて、安く運んで、いっぱい売って儲けてはどう？　スモモのジャムが良いかな、それともジュース？」

あきれたジーウが、

「やっぱ貴女の陽気さには負けたわ。でも、その陽気さが時には必要ね。これから私たちが立ち向かう相手はスモモではなく、世界のファッション業界だからね。凄く手強い相手よ。でも貴女ならスモモ泥棒を簡単にやってのけたんだし、ファッション泥棒もお茶の子さいさいでしょ？」

ジーナ、

「そっか～やっぱりファッション泥棒よね？　そうね、ずっと泥棒やってきたもんね。なんか久しぶりに熱くなってきたわ。て言うか、よく聴いてると、物凄く人聞きが悪いんですけど。なんで私を泥棒呼ばわりするのよ。もう少しましな頼み方があるでしょ!!」

ジーウ、

「そう、そう、その意気よ、そうでないと困るわ。あの泥棒さんの借りを返してもらうんだからね。ハハハハハ」

ジーナ、

「やっとその機会が来たわね。泥棒じゃないからね。立派なビジネスだから。これでもう泥棒呼ばわりはさせないわよ。貸し借りなしね」

「返してくれたらの話だけどね」

二人は心からの笑顔を交わした。

会場では参加者が、お互いに相手を見つけて歓談し、親交を深めていた。そんな中で、ジーウとの関係を十分承知しているダニエルとハリスは、初めて会ったのにも拘わらず、アメリカ人らしいと言うべきか、何のこだわりもなく握手を交わし、談笑している姿を見た時、ジーウは嬉しくて涙が込み上げてくるのを我慢できなかった。

一方でエドワードの方は、Ｓフォード大学への入学時期と開所式が重なり、参加できず、幼なじみで再会を楽しみにしていたミアはとても寂しそうだった。

エドワードは、９月初めから始まる新学期に備え、８月初旬には荷物をハリスの家に送り、中旬からはハリスの家に同居させてもらうことになっていた。入学の１週間くらい前に入寮式があり、翌日から新入生向けのオリエンテーションが３日間行われ、その次の日から授業が始まるスケジュールだった、開所式に出席した、ハリスの恋人ミッシェルはジーウに、

「エドワード君はほんとに良い子ね。今回の開所式には絶対出たいと言ってたんだけど、入学式と重なり行けないので、『ママによろしく伝えてください』って伝言をもらってるわよ」

と告げ、ジーウは、

「有難うございます。これから息子がお世話になりますが、どうかよろしくお願いしま

す」

とお礼を述べた。

ミッシェルとジーウとの会話を聞いていたハリスが、

「そんなに堅苦しい会話を聴いていると息が詰まりそうになってきたよ。どうせ僕の子なんだから。君に言われなくても、僕が君以上に愛情をかけてお世話させていただきますから、ご安心ください。そのうちエディーが君の家に帰りたくないっていうくらいにね！　ミッシェル、そうだろ！　笑」

「ハリスったら、すぐ調子に乗るんだから、でも貴方とミッシェルにはほんとに感謝してるわ。でもハリス、気をつけなさい！　もしミッシェル泣かせるようなことがあったら、私とジーナが黙ってないからね。笑」

「怖いな～。あのスモモ泥棒ジーナと鬼おばさんと対決したジーウには勝てないよ。降参します。（笑）」

その夜、ウエストハリウッドのKエバリーホテルでジーウとダニエルは初めての夜を迎えようとしていた。出逢ってかれこれ5年くらいだろうか、お互いの諸事情とはいえ、一線が越えられない、越えてはならない暗黙の領域が二人にはあった。

永遠と思えるような長い時間の壁が二人を遠ざけていたが、今夜、突然視界が広がり、目の前に果てしなく広がる草原が現れ、愛馬ジョンが疾走する姿を見た。「ありがとう！　ジョン！」ジーウは心の中で叫んでいた。時間は二人のために止まったかのようだった。

カリフォルニアの夜は涼しく、乾燥していて砂漠特有の気候のせいか、空気がカラカラと音を立てて流れていくような心地良さがあった。ジーウとダニエルは、ニッコリ微笑み、お互い何も言わず衣服を脱ぎ捨て、どちらからともなく歩み寄ると、これまで我慢していた感情が一気に燃え上がり激しいキスの応酬が始まった。

ダニエル、

「もういいんだね。ほんとに……」

ジーウ、

「そうよ、いいの。きて……」

ジーウが言葉を終える前にダニエルはジーウのかすかに震える唇に唇を重ねた。

〈あのジーウが、彼女が、今、自分の腕の中にいる〉無限の歓びと幸せを感じながら、永遠に続くとも思われるキスを楽しんだ。何度も何度も、燃えたぎるような情熱のうねりが二人を襲い、それはやがて永遠の歓びへと変わっていった。

ジーウには、エドワードのSフォード大学入学、J&JFashionの設立とロス支店のオープンと、公私共にひと段落したことでやっと心の余裕が生まれていた。またハリスの時とは異なり、〈ダニエルとはいずれ結婚したい〉という明確な想いもあった。長い交際期間の間、ダニエルの男としての欲求に答えられなかった申し訳なさと女としての真の歓びを控え、耐え抜いてきた想いも手伝い、何の躊躇も羞恥もなく、ダニエルに身を任せた。ダニエルは、当然のことながら、優しい思いやりの中にも男としての本能を剥き出しにしてそれに応えた。二人の激しくも思いやりに溢れた愛の交歓は、いつ果てるともなく続いた。時には肉をむさぼる獣のように何度も体位を変えては激しく求め合った。いったいダニエルのどこにそんなパワーがあったのだろうか。一旦終わったと思った行為が突然、真夜中に始まった。一糸まとわぬ美しい姿態のジーウが純白のシーツに包まれ深い眠りについた頃だった。

「もっともっと君が欲しいんだ！　愛するジーウ。僕のすべて」

「ダニエル！　きて！　待ってたのよ！　私は貴方だけのものよ。あっ…あああ…もっともっと……」

午後から予定していた乗馬クラブへの参加さえ忘れ、二人の愛の営みは正午まで途切れることなく、ずっと続いたのだった。

「お腹へった！　もうペコペコよ。ルームサービス頼んで！　今朝の気分はサニーサイドアップとカリカリのイギリス風トースト、それにオレンジジュースも忘れないでね。ベーコンとソーセージも。やっぱりポーチドエッグも食べたいな～。エッグベネディクトもあればお願いね。もちろん、珈琲はポットでね」

「Yes, my love. I'll order everything you want, but my request is……」

「何？　貴方の朝のリクエストだって？　もちろん私に決まってるでしょ！」

「Yes, boss! that's correct!」

「You're good boy!!」

バスローブを大胆に脱ぎ捨てたジーウはカウチでルームサービスを頼むダニエルの元へ、まるでランウェーを颯爽と歩くスーパーモデル顔負けのスタイルで近づくと、その長くて美しい脚を大きく広げたままダニエルの上に馬乗り状態、これでもかとばかりに美しい裸体を露わにしたまま、ダニエルを攻め続けたので、さすがのダニエルも息が絶え絶え、二人はやがて絶頂の極みを迎え、激しい愛の言葉を交わした。

その時、〈ピンポーン！〉ベルの後、ルームサービスがドアをノックしてはいってきたので、二人は慌てて、バスローブをはおり、テーブルについたものの汗だくと興奮が冷めやらぬ状態で気もそぞろ。

「今朝は気のせいかいつもより暑いね」

「何言ってるの！　貴方さっきまでシャワーしてたでしょ。だからよ」

「あっ、そうだったね」

「君も汗だくじゃないか。どうしたんだ？」

訳の分からない会話を繰り返す二人にサービス係は苦笑しながらもテーブルを美しく整え朝食をセットアップした後、早々に退室したのだった。

J&JFashionは、J-Fashionの時から培い、育ててきたネットやＡＩを活用したファッション・ビジネス形態を、新しい挑戦や試行錯誤を通じてさらに改善、発展させた。例えば洋服であれば、ネットを通じて受け取った個々のユーザーの嗜好や基本要求に基づき、実際の形や模様、色などをＡＩにデザインさせ、その作品を仮想空間でユーザーに試着していただき、評価してもらうなど、さらにユーザーの変更要求に応じてデザインし直して、再び試着をしてもらい、試行錯誤を繰り返した。またそのような活動から得られたデータは、AIにより国・地域・年代・人種・男女別など細かくカテゴライズされ、今後のファッショントレンドを知るために活用された。また共同経営者としてのジーウとジーナ、さらに経営幹部は、ビジネス諸般について機会あるごとに徹底的に議論を重ね、会社としてのあるべき方向性を模索しながら、業績向上に努めた。そのため、ジーウとジーナが日本とアメリカを往来する頻度も多くなり、ジーウがアメリカに出張した折には時間を見繕ってはエドワードに会い親子の絆を深めた。また休日などで、エドワードがハリスの家に戻っている時や、たまたま時間が合った時は、ハリスの家を訪れ、ハリスとミッシェルに感謝の気持ちを伝えることも忘れなかった。特にミッシェルはエドワードを実の我が子のように見守り、愛情を注いでくれているのを肌で感じることが多々あった。ハリスがたまたま出張で不在の時にもミッシェルが駆けつけて食事をつくったり、学校の様子を聞いたり、友達関係のアドバイスをしたり、親身になって接する姿を偶然とはいえ何度も見かけたのだった。

同様にエドワードもミッシェルに対して、いつもジーウに接する時と同じように、時には

甘えたり、悩みを打ち明けたり自然体で、まるで友達のような良い関係を築いていた。

ジーウとジーナはお互いの経験、感性、好みなどを最大限生かしながら、時には喧々諤々、熱くぶつかり合いながらも、冷静に協議を重ね、世にも稀なデザインを検討し、それらの修正及び変更を行うなど、会社の根幹経営にかかわる重要事項について、お互いに一歩も譲らないほど、切磋琢磨を繰り返しながら事業遂行に努めたが、二人をよく知る幹部ですら、時にはあまりの激論にたじろぐことさえあったという。それでも、会社を一歩出れば、その瞬間、まるで演劇を見ていたかのように、いつもの二人に戻るほど仲良しだった。

J&JFashionのロス支店が開設されて2年くらい経った頃、ビジネスが好調に推移していたこともありジーナの提案で、イタリアでファッションショーをやろうと言う話が持ち上がった。ジーウ自身も将来のヨーロッパ進出を睨んで、その機会をうかがっていたこともあり、幹部たちとも協議検討した結果、進めることにした。場所は、その方面の情報に詳しく、豊富な人脈を持つジーナが主導し、ロス支店の広報幹部とダニエルがサポートする形で実行。ミラノのモンテ・ナポレオーネ通りの小さなコロッセオを思わせるような会場と、生粋のイタリア人モデルを数名確保した。

ミラノでのファッションショーで初披露するため、ジーウとジーナは二人の合作デザインによるフォーマルドレスを作ることにした。色々細かい検討を続けていくうち、二人の意見が食い違う点も多く出てきて、中々まとまらず、ショーまでに間に合うかぎりぎりになって、焦りの余り、時には大喧嘩になることさえあった。意見の相違は主に、肌の露出度の違いにあり、ジーウの比較的控えめなデザインに対しジーナは大胆なデザインを主張したのだった。そうは言っても無二の親友のこと、期日までには間に合わせ、斬新かつシックなこれまで見たことがない不思議なドレスが出来上がった。

ショーには日本からジーウ、ダニエル、亜希子ほか数名のスタッフ、アメリカからはジーナの他、広報部長や数名のスタッフが参加した。当日の会場には、G社、F社、V社などに交じってヘルノ、タトラス、ヴェネタ、ストーンアイランドの関係者が見受けられた際、ジーナは、ジーウに、

「あれは、某社の誰それよ、そしてあそこに座って足を組んでいる男性がね…」

とお歴々について、詳細情報を耳打ちしてくれた。ジーナの顔の広さと情報の多さに感心すると共に、心強い味方がいることに改めて感謝した。

ショーは日本とアメリカで最近人気のあるアバンギャルド的ファッションとバッグ、そしてジーナとジーウが初めて作った合作を纏ったモデルウオークに加え、以前ソウルでのファッションショーで取り入れた、VRとAIによる参加型ショーを洗練した各種イベントなどが行われた。時折参加者から、

「ブラーボ！　アンタティコ！　トレメンド！」

などの掛け声や拍手が起きるほどの盛況ぶりだった。

ファッションショーが無事に終わった夜、一同はシーフードで有名なジャコモで、目の前のドゥーモの絶景を楽しみながら、打ち上げを兼ねた食事会を開いた。美食揃いのゲス

トも楽しみながら、今回のファッションショーについて良かったと思うこと、改善が必要と思われることなど感想や意見を披露し、とても有益な時間を手に入れることができた。

参加者の感想や印象は総じて好評で、

「特にＶＲとＡＩを要した参加型の演出は、イタリア人のあいだでも新鮮で楽しく受け取られたようだった」

との発言が目立った。そんな中でジーナが、

「とにかく今回のファッションショーは大成功だったということね。これを皮切りにヨーロッパ進出への足掛かりにしたいわね」と言うと、ジーウはこれに応えるように、

「そうね。これもジーナの提案で始めたことだけど、皆さんのご協力を得て成功することができました。ジーナをはじめ皆さんに改めてお礼申し上げます」

ジーナはさらに、

「実は私、ショーの間ずっと、あることを注視していたの」

皆が、

「何よ？」

と言うのを待っていたように、ジーナが、

「私はモデルウオークの間、ランウェイはほとんど見ずに、もっぱら競合他社の様子を観察していたわ。そしたら、最初は興味半分の表情だった幹部たちが、次第に真剣な顔になって、『えっ！』と言うような驚きの表情を浮かべ、さらには『これは自分たちも参考

にしなければ』とか『うかうかしてられないなー』と言う印象を持ったように、私にはそう感じられたわ」

と自分の感想を披露すると、一同から、

「さすがジーナさんね。目の付け所が違うわね」

と称賛の声と拍手が起こった。すると、ダニエルが、

「イタリア人の若い子は総じてスタイルが良いけど、今回使ったモデルは格別だったね。ほんとに良かった」

とモデルのスタイルの良さを褒めちぎると、ジーウが冗談交じりに、

「どうせ私のスタイルは悪いわよ！　悪かったわね」

と自虐ネタを披露すると、みんな声を立てて笑い出し、場が和み会場は再びアットホームな雰囲気に包まれた。

その夜、ジーウとダニエルの宿は、グラン・ホテル・ミランだった。

世界の著名人たちが一度は訪れるという歴史を感じる、由緒あるホテルだった。

ダニエルが感動のあまり、

「なんて美しいホテルなんだろう、噂には聞いていたけど、これほどとは思わなかったよ。でも、君の美しさには到底適わないけどね」

「あらそうなの？　どうせ私のスタイルなんかモデルに比べたら醜いアヒルよね」

「You're kidding sweet heart!!　君が世界中で一番美しいことは僕だけが分かっていれば

良いことさ。だからもう意地悪は止めて僕の胸に飛び込んでおいで！」

「ハニー許して！　貴方を愛するあまり、つい冗談が過ぎてごめんなさい。今日は貴方の胸に飛び込む代わりに、真夜中のプールはどう？　さっき、ジーナに頼んで貸切にしてもらったの。バスローブの下には何もつけないでね」

「ジーウ！　君は遊びでも天才だね！」

「もちろん、プールサイドにはカウチとシャンパンが用意してあるわ。朝までたっぷり愛してね。そうだ、今からプールで子供作ろう！　プールでつくったら、その子は水難にも会わず、きっとカリフォルニアでサーフィンのチャンピオンね。女の子にもてるだろうな」

ダニエル、

「僕はなんて幸せ者なんだろう！」

ジーウ、

「早く貴方の子供が欲しいわ。頑張って、いっぱい愛し合いましょう」

「そうだ来年のクリスマスには結婚式を挙げない？」

「そうね。そうしましょう」

「日本に戻ったら、早速式場探しをしなければ……」

「お任せするわ。その前にまず今を楽しまなくちゃ」

二人はバスローブを脱ぎ捨て、月夜のプールで静かに、そして激しく愛し合った。

翌日、ジーウとジーナそしてダニエルその他のスタッフは、朝早くサンタマリア・デッラ・グラッツィエ教会に足を運び『最後の晩餐』に対面する予定だったが、ジーナが気を利かして午後からに変更されていた。二人の朝食はまさに、ウエストハリウッドの時と同様、最後の晩餐のような勢いで、運ばれたルームサービスの朝食とは思えないほどの料理の山を全て平らげていた。

一同が最後の晩餐を鑑賞後、各々、改めて深い感慨に耽っていたが、ジーウとダニエルだけはなんだか様子が異なり、ボーっとしていた。見ていたジーナがクスクス笑っていた。

夕方、ミラノ・マルペンサ空港で解散、各々帰路についた。

機中、ダニエルが言った。

「この前、エドワードが日本に来た時、ルービックキューブのやり方を教えてくれたよ」

「そうだったの。で、どうだった」

「うん、結構難しいね。彼はすいすいやってたけど。僕がどうしてそんな簡単そうにできるのって聞いたら、『何事も熱意と練習』って言われちゃったよ。(笑)」

「はは。生意気ね」

「今度来たら、彼にサーフィンを教えるつもり。ルービックキューブのお返しだ」

「そうね、お互い師匠と弟子の関係か？　なんかいいな～。私にも何か教えてくれない？」

「じゃあ、君には夜の特別なレッスンはどうかな～？」

「いいわね～！　でもそれ！　レッスンだから毎日続けないとね。笑」焦ったダニエルは、

「特別なレッスンだからね。毎日続けると特別な意味がないと思うんだけど……」

ジーウ、

「それじゃ、子供が生まれるまでの間は毎日ということで。笑」

ダニエル、

「もう参ったな～、君には勝てないよ。ところで、特別レッスンって何だか分かってる？」

ジーウ、

「もちろんよ、ルービックキューブのことでしょ。笑」

ダニエル、

「参りました」

■第8章　妊娠そして水難

お互いの愛を確かめ、イタリアから戻ったジーウとダニエルは結婚までの間、ジーウのマンションで同居することになった。ジーウが最も望んでいた二人だけの新婚生活の始まり。終日が楽しく、毎日他愛のないことに喜び、笑いが絶えない素晴らしい日々が続いた。

私生活が仕事でも好影響を及ぼしたが、職務上は社長と部下の関係、ジーウは会社ではあくまでも上司としての立場を崩さず、またダニエルも部下として最大限の貢献ができるようお互いが認識していた。ジーウはそれを補うように、二人の私生活では、妻らしくできるだけダニエルの行動や意見を尊重し、バランスを取るべく振る舞った。

ある日、夕食にすき焼きをしようと言うことになり、二人で近くのスーパーに食材の買い出しに出掛けた。食肉のコーナーで、ジーウが、

「このすき焼き用のお肉、美味しそうね！」

と、日本に来てすっかり好きになったサシが入った高級和牛を指さして言った。ダニエルは賛成反対どちらでもなく、輸入牛肉を指さして、

「これはどう？　結構美味しそうで値段もリーズナブルだし」

ジーウは、内心〈えっ、輸入肉！〉と思ったものの、ぐっと抑えて言った。

「そうね、美味しそうね。ジャーそれにしましょう」

二人ですき焼きの鍋を仲良くつつきながら、ダニエルが、

「輸入肉と言っても僕たちには国産のようなものだし、結構いけるだろう」

ジーウは、〈いつものお肉とちょっと違って硬いし、味もイマイチだわ。でも脂身が少ないのは健康にいいかもね〉

と、心の中で自分に言い聞かせるようにしながらも、

「ええ、思ったより美味しいかも」

と言いつつ、ダニエルがお父さんの会社がやむを得ない事情で倒産の危機に遭ったことを思うと、自分とは全く違う暮らしに思いを巡らせるにつけ、ダニエルの包容力とそれを微塵も感じさせない人柄に対して、愛おしさと共に尊敬の念を深めた。

ダニエルがジーウのマンションに引っ越ししてから3か月が経った頃、ジーウはそれまで順調だった生理が1か月以上も来なくなり、〈よもや?〉と思い、市販の妊娠検査薬を買ってきて調べたところ、思った通り、陽性だった。ジーウは〈あ、やっと〉ドキドキ、ワクワクで身体の全身が震えながらも、確実を期すため産婦人科を訪れ、妊娠の事実を確認後、すぐダニエルに話した。

「ハニー、どうやら私たちの子供ができたみたいよ！　今日、病院に行ったら、貴方によく似た顔の子供がお腹の中にいるって。笑」

ダニエルは思わぬ知らせにびっくりしたが、その後喜びがこみ上げてきて、嬉しさを全

身で表しながら、

「うそじゃないよね？　僕は夢を見ているんだろうか？　神様！　どうか僕を現実の世界に戻してください。君はまた僕をからかってる？」

「そんな訳ないでしょ！　ヤッホー!!　We made it!!」

「ほんとに良かった。二人とももう若くないからどうだろうと思っていたけど、僕は待望のパパになれるんだねー、夢を見てるように嬉しいよ。全て君のお陰だよ。僕はここに、永遠の愛を君に誓う」

と言ってダニエルは突然、用意していた二人のイニシャル（ＪＤ）が入った金の婚約指輪をそっとジーウの指に入れた。

その夜、二人は何度も喜びを噛みしめては強く抱き合った。ダニエルが、

「ゴメン！　こんなに強く抱きしめて赤ちゃん大丈夫かな」

と突拍子もない事を言い出したので、ジーウは吹き出し、

「あたりまえでしょ。メークラブじゃないんだから…。

まだ早いけど、赤ちゃんの名前、ジュディはどう？　貴方のDと私のJから取ったのよ。超可愛い女の子よ。以前から娘が欲しかったでしょ。でも、もし男子ならどんな名前がいいかしら？　きっと貴方は毎日がデレデレよ。それでも私のことを忘れたら承知しないからね!!」

「大丈夫。君との愛の結晶が娘でも、息子でも同じだよ。僕のありったけの愛を注いで育

てるよ。もちろん、君への愛はベッドで証明するさ。怒らないで聞いて欲しいんだけど、子供は毎日、僕が目の中に入れて歩くけど、君は大人だから入らないけど許して欲しい。(笑)」

妊娠の知らせは早速、韓国のヨンミにも電話で伝えられた。もちろん、クリスマスの挙式の件もちゃんと忘れずに。

ヨンミ、

「そう！　やっとだね！　ちゃんとした結婚をしてくれるのかね。とにかく、おめでとう、これで安心だわ。それに子供の誕生報告も同時だなんて、本当？　貴女今いくつ？　子供を産める年だったのかい？」

ヨンミは少し皮肉交じりにではあるが我が子の心配をしながらも祝福の言葉を贈った。

「お母さん、もう時代が変わったのよ。あの頃とは違うの。人生１００年の時代と言うけど、まだ半分も生きてないからね」

「良かったね。もう父無し子はごめんだからね。生まれてくる子供が可哀そうだから」

「今度は大丈夫だから安心して。結婚も決まったことだし、彼はとても良い人よ。近いうちにそっちへ行くから彼に会ってね。そして結婚式にはお母さんも必ず出てね」

「そうかい。それは楽しみだね。結婚式には何をさしおいても飛んでいくからね」

「ありがとう！　お母さん！　じゃーまたね」

それから約2週間後、二人はソウルへ飛んだ。韓進家の車でヨンミの住む江南区のマンションに向かった。ジーウはヨンミにダニエルを紹介した。ダニエルは英語とハングルで簡単に挨拶した。

「I'm Daniel. オモニ、アンニョンハセヨ（お母さん、はじめまして）I'm glad to see you」

ヨンミも準備した覚えたての英語を交えて、引退後に就いている韓進グループの名誉顧問と書かれた名刺をダニエルに渡しながら、

「（私がジーウの母です）How do you do?」

と挨拶し、簡単な自己紹介をした。

しばらく三人で会話を楽しんでいたが、ヨンミが、

「ハンサムだね。ジーウは今度こそ良い人を見つけてくれた。私は、これでやっと安心して天国に行けそうだね。どうか娘をよろしくお願いします」

と言って、初対面のダニエルにそっと小箱を手渡した。

ダニエルは照れくさそうにしながら丁寧にお礼を述べ、ジーウに促されて、小箱を開けてみた。そこには彫刻をあしらった特注のローレックスが入っていた。ヨンミが、

「夫の形見なんです。娘をこの上なく可愛がっていたから、今度はダニエルさんの番だね。こうして娘のお婿さんになってくれるダニエルさんが使ってくれると、あの人も天国でどんなに喜ぶことか……」

ダニエルは、

「お母さん、ありがとうございます。一生大切にします」

と返答すると、ヨンミは重ねて、

「そうしてください。信じていますよ。どうかよろしくお願いします」

と言って微笑んだ。

1時間ほどして、ジーウたちが来ることを知らされていたソンウ一家、兄のソンウ、嫁のヨンア、娘のアンナ、それに休みで帰ってきていた息子のテスが揃って、ヨンミのマンションにやってきた。ダニエルとソンウ一家は、自己紹介と挨拶を交わし、賑やかに歓談した。

夕方、全員揃ってマンションの近くにある有名レストランに出掛けた。伝統的な韓国レストランでの会食は、食事はもとより会話中心型で家族団らんの素晴らしい時間を楽しんだ。アンナとダニエル、ヨンミ、ソンウ、ヨンアはハングルと英語を交えながら話し、時々英語が聞き取れなかったヨンミがちんぷんかんぷんの言葉を発して、皆それを聞いて大爆笑した。ダニエルはテスに、

「同じ東京に住んでいるんだし、たまには家に遊びに来てね」

と話しかけると、テスはテスで、

「晩婚カップルの邪魔はしたくないので遠慮します」

それを聞いてたジーウが、

「晩婚とは何よ！　叔母さまに向かって、生意気ね。でも割のいいアルバイトを紹介してあげると言ったら、喜んで私の家にも時々顔を出すんでしょう？　こっちから断っても」

「さすがは叔母さま、でも、どんなアルバイトがあるんですか？」

「お客様関係のデータの打ち込みや整理の仕事よ。貴方の家からパソコンでもできるし……。学業とも両立させやすいのではと」

「分かりました。是非やらせてください。先ほどのご無礼をどうかお許しくださいませ。(笑)」

約2時間の楽しい会食もあっという間に終わり、12月に予定されているジーウとダニエルの結婚式で再会することを約束して、ソンウ一家は自宅へ、ジーウとダニエルはヨンミと共に、マンションに戻った。ヨンミのマンションにはジーウが以前使っていたグランドピアノもあり、ジーウがいつ帰っても休めるようにジーウの部屋を昔と同じようにデザインしておいた。ダニエルは暫くぶりに里帰りしたジーウとヨンミが積もる話もあるだろうと思い、ジーウの部屋で寛ぐことにして、親子二人の時間を作ってやった。

翌日、ヨンミたちは社用車で予定していた父親の墓参りに出かけた。父親の墓は韓進グループの祖先が代々眠るソウル市内でも唯一、海を臨む山手の頂上にあった。まるで公園のように広い敷地には、墓地とは思えないほど鮮やかな花々が咲き誇り、どこまでも明るく、来る者を皆勇気づける不思議な力がそこにはあった。その力はすぐにダニエルにも見て取れた。訪れる前とは別人のように、まるで韓進グループを背負う一員にでもなったかのように、神々しくさえ見えたのはジーウのみならずヨンミも同じだった。ヨンミとジーウは静かに頷いた。そして、ジーウとダニエルは大理石と御影石でかたどられた立派な帆船のように大きな墓前でこれから二人を待ち受ける永遠の航海を固く誓い合ったのだった。

次に三人が訪れたのは、景福宮、昌徳宮、明洞など、ダニエルのために用意してくれていた名勝での観光を終えた後、美しい夕日を見ながら宿泊先のホテル、シグニエルソウルへと向かった。

ジーウとダニエルは、ソクチョン（石村）湖公園を月明かりの中、少し散策した後、ホテルの入り口に近づいた。そして、何気なく置かれた一台のピアノにジーウが気づいた。ダニエルの演出だった。ジーウはにっこり微笑み、ピアノの前に立つとそっと鍵盤に手を置き、静かに月光を演奏し始めた。まるで月夜の妖精が地上に降り立ったかのように美しく、神秘的な姿にダニエルは言葉を失い、感動の余り頬から涙が流れるままに任せた。二人はこれまで経験したことがないほどの幸福感に包まれ、自分たちの未来を確信したのだった。

二人を乗せたエレベータはまるで二人を待っていたかのように、公園に面した１００階のスイートルームに二人を静かに運んだ。部屋からはソウル市内の夜景がパノラマのように広がり、二人はしばし、空中を浮遊しているかのような感覚の中、抱擁、そして静かに唇を重ね永遠の愛を誓い合った……。

韓国から帰ってまもなく、ジーウとダニエルは産婦人科を訪れ、お腹の子のＤＮＡ検査をすることにした。ジーウが高齢出産に近いので、確認のため二人で話し合い、実行したのだった。結果は〈異状なし、女の子〉で、二人は改めて胸を撫で下ろすと共に喜び合った。

　ダニエルはジーウとの結婚が決まり、待望の子供も生まれることで、さらに熱心に仕事に打ち込むようになり、ビジネス上でもジーウの右腕となり懸命に働いた。そして会社の業績もネット販売を中心に右肩上がり、ロサンゼルス支店もジーナたちの努力のお陰で、J&JFashionとしてのブランド名が少しずつではあるが、知られるようになってきた。

　ジーウとダニエルは、12月の結婚式に向け、本格的に式場選びを始めた。そして、二人で色々話し合った結果、場所は日本、ハワイ、韓国の3つの候補地から、最終的に六本木のリッツカールトンに決定。式次第、ウエディングドレス選び、参加者の人数と席の配置など、具体的な内容の検討を始めた。

　ダニエルは、ロスにいる父親にも、ジーウと結婚すること、またジーウが妊娠していることを電話で一通り説明した後、ジーウに電話を替わってもらい、ジーウと父親は簡単な挨拶を交わした。

　7月末には、エドワードが休みを利用して日本に帰ってきた。エドワードがジーウと会って開口一番、

「ママ、暫く見ないうちに太ったんじゃない?」

「What? You're kidding!」

ジーウの言葉が終わらないうちにダニエルが間に入ってフォローした。

「ゴメンね！　君にまだ話してなかったね。実は僕たちの子供が生まれるんだ！」

エドワードは、一瞬〈えっ、何？〉と言うような表情を見せたが、少し間をおいて、状況を理解したかのように、

「そうなんだ。随分、お母さんのお腹が出ているなと思ってたんだよ。でも、良かった。お二人ともおめでとうございます」

ジーウとダニエルは声を揃え、

「ありがとう！　エディー。女の子だからね、貴方の妹になるのよ。しっかり面倒みてね」

エドワード、

「そうなんだ。歳の離れた妹か？　お兄ちゃんがついてるから大丈夫。なんて可愛いんだろ。そうだ、キューブも教えてあげる。ところでダニエルさんはもう２×２できた？　そろそろ３×３にレベルアップしないとSフォード大学の名に傷が付くよ。（笑）」

エドワードには以前から約束事があって、ルービックキューブはエディーがダニエルに教え、サーフィンはダニエルがエドワードに教えると言う約束をしていた。そしてダニエルがエディーにこう聞いた。

「あれから、だいぶ練習して少しは分かってきた気がするけど、最後のところがよく分か

らなくてね……」

エドワード、

「やって見せて。うーん、ここはこうして、それはこうだよ」

と教えようとするけど、

「うーん、なんかよく分からないな」

「そうじゃなくて、こうするんだよ」

ダニエルは、まるで従順な弟子のように、あれこれやってみた末に、

「そうか、そうするのか！　分かった。ありがとう」

ジーウはそれを横目で見ながら、

〈新しいお父さんともうまくやっていけそう……良かった良かった〉

8月初めのある土曜日、二人はダニエルの愛車アルファードSCパッケージのルーフに2枚のサーフボードを積んで湘南海岸に出掛けた。その日は好天で青空が広がっていて、風がほとんどなく波も静かで、本格的サーフィンには良い条件とは言えなかった。

海岸に着くと、二人は車内でサーフ・スーツに着替え、それぞれサーフボードを脇に携えて砂浜に降りて行った。まず準備体操をして、浅瀬でダニエルがサーフィンの基本動作や注意点などを説明しながら、エドワードに実技指導した。かれこれ2時間位経っただろうか、疲れてきたので、一旦水から上がり、休憩した後、お腹も空いてきたので、海岸沿いの食堂で仲良くカレーライスを食べた後、今度は砂浜に腰を落ち着け話し始めた。二人

ともSフォード大学の先輩後輩の間柄、ダニエルが最初に尋ねた。

「大学の方はどう？　情報工学科だったよね」

「そうです。結構忙しいけど楽しんでやっています」

「それは良かった。専攻はAIだった？」

「ええ、そうです。AIをやっていて感じることがあるんですけど」

「何か特別なこと？」

「僕の誤解、あるいは考え過ぎかも知れないけど」

「何？　興味あるなー」

「AI分野の開拓者や著名な専門家は、AIに不死の願望を託しているのではと？」

「どういう意味？」

「昔、中国の皇帝が求めたエリクシールは存在しそうもありませんし、現代アメリカの一部の人、テッド・ウイリアムを含め、採用しているクライオニクス（冷凍保存した遺体を将来の医学の進歩によって生き返らすという方法）も冷静に考えれば期待薄ですよね。それに代わる、もっと科学的で実現の可能性が高い方法として、AI技術の進歩によって人体の老化した部分、ニューロン・ネットワークまでも人工物に置き換えていく、あるいは身体は別にして意識をソフトウエアとして人工物に移植するなどで、とにかく自意識だけでも永続させる、という考えですよね」

「そうかもしれないな。そんな時代が来るかどうかは分からないけど、全く荒唐無稽な話とも思えないところが、逆に怖いような気もするし……」

「ところで」

と、ダニエルは話題を変えるようにして言った。

「エドワード君は、もう知っているかも知れないけど……。君のお母さんと結婚することにしたんだ。君には今伝えるとこで遅くなって悪いけど」

「母から聞きました」

「良かった。祝福してくれる？」

「もちろんです。ダニエルさんがお父さんになるなんて嬉しいです。僕にはダニエルさんとハリスさんの二人の素晴らしいお父さんができるなんて、ちょっと贅沢かな？」

「僕は君よりもっと贅沢だよ。君が私の息子になってくれるなんて、そして、世界一の美人で優しい君のお母さんと結婚できるなんて、その上、また新しい生命の誕生、僕たちの娘に会えるなんて、ほんとに奇跡の中の奇跡だよ。僕は本当に世界一の幸せ者だよ。これからもどうかよろしくね！」

「はい。もちろんです」

「では、お腹も落ち着いたことだし、そろそろレッスンを再開しようか？」

「そうしましょう！」

二人は、サーフボードをかかえ、波打ち際までダッシュした。ダニエルはエドワードの上達具合を見ながら、少しずつ深い場所へ移動し、サーフボードの上に立ってバランスを取る訓練を続けた。

　こうして、サーフィン初日、疲れたエドワードを伴い午後3時には練習を切り上げ、自宅に帰ってきた。日焼けした二人を見てジーウは、

「サーフィン初日、どうだった？」

　と聞くと、エドワードは、

「うん、すごく楽しかった。もっともっと練習してルービックキューブのようにうまくなりたいよ」

「それは困るな〜。ルービックキューブのようにうまくなると僕の立場がないからね。（笑）」

　ジーウがさらに、

「ダニエルさん、ちゃんと教えてくれた？」

　と言うと、エドワードは、

「すごく良いトレーナだよ。ルービックキューブの時の僕みたい」

　ダニエルが笑いながら、

「じゃ、またサーフィン行こうか？」と誘うと
　エドワードは、

「ぜひお願いします」

　と意外と真面目に答えた。

そして、1週間後の土曜日、ダニエルとエドワードは再び湘南海岸に向かった。

その日は、やや曇り空で北向きの風が強く、白い波頭が立ち、上級者には願ってもない天候だった。

二人が、かろうじて足が立つ深さのところで、練習を始めて一時間くらい経っただろうか、浅瀬から知らないうち流されていたエドワードがボードの上にかろうじて立っていたその時、さっきまでの風が嘘のように風向きが突然変わり、強いオフショア（浜から海に向かって吹く風）の風が起こり、エドワードはあっという間もなくボードから海に投げ出され、その時の勢いでボードと足を結んでいたロープが外れたので、必死にボードにしがみついたものの、ものの数秒でさらに沖へと流された。荒波との闘いで疲労困憊した手がボードから離れ、ボードを諦めて必死に浜に向かって泳ぎ始めたものの、今度は離岸流に阻まれ、ますます沖へと流されていった。エドワードがボードから投げ出されたのを見ていたダニエルは異変に気が付き、エドワードを助けようと沖へ向かって泳ぎだした。やっとエドワードの所に泳ぎ着いたダニエルは、半分溺れかかっているエドワードを仰向けにして顔を海面から上げさせ、首元を掴み、岸を目指して必死で泳ぎだした。やっとのこと足が立つ浅瀬付近まで辿り着き、エドワードを立たせて、早く岸に上がるよう促した瞬間、強い離岸流が今度はダニエルに襲い掛かり、アッと言う間に、白波の立つ沖へと流されていった。

エドワードを助けるため力を使い果たしていたダニエルにとって、離岸流に逆らって岸に戻ることはもはや叶わなかった。やがてダニエルの姿は波間に消え隠れしながら見えなくなり、主人を失った２枚のサーブボードだけが沖合を漂流しているのが辛うじて見て取れた。

何とか砂浜にたどり着いたエドワードは、本能的にあらん限りの声を振り絞って叫んだ、「助けてー、助けてー、人がおぼれてるんだ！　HELP!! HELP!!」と何度も何度も叫んで応援を求めた。まだ頭がボーッとしていて、脚力もなく、ふらついていた。

海岸にいた人たちが、エドワードの叫び声を聞いて、ようやく事態に気が付き、今、何が起こっているかを知り、騒然となりつつも、冷静に対応してくれたのだろう、やがて救急隊員が数名駆け付け、救命ボートを用意して、エドワードが指示す方向に向かって救助に乗り出した。その間、無限の時間が流れたように思われたが、わずか数分間の出来事だった。それから15分ほどたって、溺れていたダニエルが発見され、ボートで岸まで運ばれ、待機していた救急車にエドワードも一緒に乗せられて近くの救急病院へ搬送された。ダニエルはほとんど心肺停止の状態で、すぐにＩＣＵで救命処置が行われた。エドワードは、医者の診断と処置を受けた後、救急ベッドで休んでいた。

その頃ジーウは、自宅マンションで、そろそろ夕食の下準備に掛かるべく台所に立ち、〈二人ともお腹を空かして帰ってくるだろうから、今日のビーフシチュウは多めに作らないと〉などと考えていたが、何気なくリビングのテレビから聴こえてくるニュースが耳に入った。

「本日午後3時頃、湘南海岸でサーフィンをしていた親子と思しき二人の男性が、波にのまれる水難事故が発生しました。男の子は何とか助かりましたが、父親は心肺停止の状態で見つかり、近くのS救急病院に搬送されました。次のニュースは……」

何故か一瞬不安がよぎった。ジーウがTV画面に目を移した時には、すでに次のニュースに移っていた、胸騒ぎを覚えたジーウは、湘南警察の電話番号を調べ、水難事故について尋ねたところ、エドワードとダニエルに相違なかった。

ジーウは、一瞬、頭が真っ白になり茫然自失したものの、次の瞬間、には車に飛び乗り、警察から聞いた病院へと車を走らせた。妊娠8か月を迎えていた身重のジーウの何処にそんな俊敏さが残っていたか不思議なほどだった。どのように運転して病院にたどり着いたか、ほとんど覚えていなかったが、ただ心の中で、

「貴方！　私よ！　聴こえるでしょ？　あの時、私を決して一人にしないと約束したでしょ！　私を置いて絶対逝っちゃ駄目!!　逝くなら私も一緒よ！　帰ってきて！　ずっと待ってるから」

と、とめどなく流れ落ちる涙の中で、呪文のように唱え続けた。

病院に着いたジーウは、担当医から簡単な状況説明を受けた後、先ずは緊急ベッドに腰掛け、手で顔を覆うよう悲しんでいるエドワードに会った。エドワードはジーウを見て、胸に飛び込んできた。

「ダニエルさんが、僕を救おうとして……ダニエルさんが、……」

と泣きながら答えるのみで、詳しい状況を話せる状態ではなかった。

ジーウは直ぐ医師に許可を貰ってエドワードと共にダニエルが眠るＩＣＵに入った。ダニエルは、医師団の懸命な措置のお陰で、心肺停止を脱し、なんとか生命維持が可能になったものの、まだ意識はなく生死の境を彷徨っている状態だった。ジーウは優しくダニエルの手を取り、目にいっぱい涙を浮かべ、

「貴方、私よ、ジーウよ、起きて！」

と声を掛けながら、〈愛してるわ！　お願い！　どうか私を一人にしないで〉と心の中で呼び続けた。

エドワードはまるで自分に責任があるかのように、心配そうな視線をダニエルに落としていた。しばらくして、二人はＩＣＵから出て、担当医師に面会し、ダニエルの状態について説明を受けた。

「非常に厳しい状態です。幸い人工呼吸などの処置が早く、心肺機能は少し戻りましたが、今後どうなるかは様子を見なければ分かりません。もし、運よく、最小限の生命活動が維持できるようになったとしても、酸素不足で脳がどのくらい損傷を受けているか分かりませんし、簡単に意識が戻るとも考えられません。今もこうして生存されているのが奇跡かもしれません。現代医学では証明できない、何か本人の意思のようなものさえ感じる気がします。脳死や遅延性意識により、植物人間になる可能性も否定できない状態ではありま

すが、我々は全力を尽くしますので……」

ジーウは、

「分かりました。どうか夫のことをよろしくお願いします」

と言うのが、精一杯だった。

また医者が続けた。

「通報があってからご主人が発見されるまでに15分ほどあったようですが、あの状態で見つかったのは、ご主人がよほど頑張って生きようとされたのだと思います」

ジーウは、ダニエルが力尽きてもなお、私のこと、そして生まれてくるジュディのことを思い〈なんとしても生きなければ〉と頑張り続けたことを思うにつけ、涙がとめどなく流れ落ちた。

その後、エドワードの経過も安定し、ダニエルの容態には何も変化が見られなかったので、ジーウとエドワードは一旦自宅へ帰った。

事故とダニエルの容態については、ジーウからメールで、ジーナ、ハリス、ヨンミさらに会社の幹部にも速やかに伝えられた。翌日早朝から、心配して電話がひっ切りなしに鳴り、ジーウだけでは対応できず、エドワードが代わって応対することもあった。

また知らせを聞いたダニエルの父親が、ロスからすぐに飛んできて息子を見舞った。その時、ジーウは初めてダニエルの父親と対面し、色々話を聞かせて貰ったりしたが、ジーウは父親の誠実で優しい人柄に改めて感心し、ダニエルがそれを受け継いでいることを誇りに感じた。父親もジーウのことがすごく気に入ったみたいだった。

ジーウは仕事の合間を見つけては、あるいは仕事が終わってから病院に駆けつけるなど、意識のないダニエルをベッドの傍らでかいがいしく看病した。体をさすりながら小声で、

「あなた、頑張ってね。みんなあなたの帰りを待っているわ。私は絶対あきらめないから……」

と囁き、祈るのだった。また休日は、ほとんど1日中、病院で過ごすことも珍しくなかった。やがてエドワードの夏休みが終わり、アメリカに帰ることになったが、最後にダニエルのお見舞いに訪れた際、真新しいルービックキューブ３×３を買ってダニエルの枕元に残して、「次に来た時は、必ず３×３マスターしてもらうからね。約束だから……」

と涙まじりの小声で語り掛けて退室した。

■第9章　ジュディ誕生と竜神伝説

10月中旬の早朝、六本木の産院でジーウは4200グラムの規格外の女児を出産した。ジーウの年齢もさることながら、これほど大きな女児では帝王切開の他、選択肢はなかった。出産に先立ち、1か月ほど前から手伝いに来ていたヨンミは、ジーウが産気づいた前の日の夕方から産院に来ていて、帝王切開が始まると手術室の外で、〈まだか、まだか？あんな大きなお腹を見るのは初めてで少し不安だけど、無事に生まれるよう、韓進グループのご先祖様に心から祈りを捧げながら……〉誕生の瞬間を静かに待っていた。そして、無事に女児出産の知らせを聞いたヨンミは、涙ながらに〈よくやった。ほんとに良かった、良かった。あの子はやる子じゃ〉と小声で呟くように繰り返し、ご先祖様に手を合わせた。母子共にいたって健康だったので、分娩後1時間ほどしてカンガルーケアのため、新生児がジーウの元に連れてこられた。

ヨンミも立ち会って、初めての母子の顔合わせ。我が子を胸に抱いたジーウは、その体温を肌で感じながら喜びと安堵感に満たされながらも、この瞬間に、一番傍にいて欲しいダニエルがいないことに打ちのめされそうになるのを必死でこらえた。そして、ダニエルの事故の前からすでに決めていたこの子の名前を優しく、そっと呼び掛けた。

「Judyジュディ！　ありがとう！　ずっとこの時を待ってたのよ。貴女は世界一幸せな女の子なんだから……」

不思議なことにその時ジーウには何故か強い光を感じたのだった。

そして、大粒の涙が溢れ、頰を伝ってキラキラ輝くような強い光を放ち、まるで流れ星のように綺麗だった。

「ダニエル！　貴方！　そばにいるんでしょ！　さっき貴方の温もりを感じたの。ずっとジュディを見てたでしょ！」

生死の境を彷徨っているダニエルからジュディへの熱いメッセージを感じたジーウはその時、ダニエルが生還することを確信した。

産後の経過は母子共に順調だったので、出産からちょうど1週間で自宅に戻ることができた。米国でエドワードを出産した時は、３日で退院した経験があるので〈日本は慎重で、親切だな〉と思いつつ、ゆっくり体力の回復に努めた。

ジーウは退院して3日後、ジュディを抱っこして、ヨンミと三人でダニエルの待つ病院を訪れた。ベッドの横の椅子に座ったジーウは、ジュディを眠っているダニエルの顔に近づけながら話しかけた。

「あなた、今日もジュディから貴方を求めてきたのよ。そろそろ目覚めてくれないと困るんだけど。この子、規格外に重いから、早く、抱っこするのを手伝ってくれないと私の腕と腰がヤバいんだけど。でも可愛さも規格外だからね！　早く目覚めないと損するわよ！皆、貴方の生還を今か今かと指折り数えながら待っているから」

　ジュディはきっと貴方との目に見えない生命線がとても強いと感じることがよくあるの。時々、

「ほら、お父さんよ、パパよ、ジュディの誕生をどれだけ楽しみに待っていたことか。ジュディもお父さんが早く帰ってきてねって祈ってね」

　と話し掛けると、さっきまで笑顔で遊んでいたのに、急に大声で泣き出して止まなかったことが何度もあるの。

　ジーウは廊下に出てジュディにミルクをやりながら涙ぐんでいた。その姿を見ていたヨンミは運命のいたずらとはいえ、何故に、我が子にこのような事故が起きるのかと自分の罪を憎み、神をも恨みそうになったが、心を静め、平常心を取り戻した。

　ジーウとヨンミは担当医と面談し、ダニエルの病状についての説明を受けた。

「残念ですが、今のところ変化は見られません。生命そのものは何とか維持されていますが、それ自体が奇跡的と申し上げる他ないほど稀なケースです。今後の経過については、なんとも確実なことは申し上げられません。仮に意識が戻ったとしても脳への後遺症が残ることも十分考えられますし、とにかくご本人の生命力と幸運を信じる他……。私共と致

しましては、最善を尽くしましたので、これ以上の措置は残念ながら現代医学が及ばない領域です……」

ジーウとヨンミは、

「分かりました。引き続き、どうかよろしくお願いします」

と言って、病院を後にした。

ジュディ誕生のニュースは、ダニエルの父アレン、ジーナやＪ＆Ｊの幹部、ハリス、ソンウの家族などに伝えられ、お祝いのメールやメッセージがジーウの元に沢山届けられた。

そして、ダニエルが入院している病院へは、父親のアレンが再び駆けつけ、最愛の息子の姿を見て意気消沈したものの、ジュディをしっかりと抱いて、

「なんて可愛らしい赤ちゃんだろう。こんな孫娘を授かってわしは幸せ者だ」

と喜びを隠せなかった。アレンは、近くのホテルにしばらく滞在し、ジーウとはもう親子のように色々話ができる関係を築き、アメリカへ帰って行った。

見舞客には、Ｊ＆Ｊの幹部、高橋夫妻、テス、仕事で来日したジーナなど、沢山の人々がお見舞いに訪れたが、皆眠ったままのダニエルを見て、ジーウと話をするにつけ、今にも眠りから覚め冗談を言い出しそうなダニエルを想像して、そのギャップに戸惑うシーンが多々あった。

皆ダニエルの回復を祈り、信じて疑わなかったが、中でもジュディの誕生に皆癒され、場の雰囲気が和らぎ、皆に希望を与えてくれたのだった。

J&Jの進捗は、社長のジーウが出産と育児で、本来のパワーが発揮できず、ビジネス面では少なからず支障があったものの、一番の課題は、実質№2のダニエルを失ったことが大きかった。

ジーウは人事とも相談して、ダニエルの代わりとなり得る人材を探し、何人か採用してみたものの、うまくいかず、業績は徐々に下降の一途をたどるしかなかった。実務面でも納期遅れなどが目立つようになり、新規案件の受注も振るわなかった。

ジーウは、ヨンミにお願いして、引き続き家にいてもらうことにして、仕事と子育ての両立に奔走する毎日を送った。母乳の出もそんなに良くなく、家では極力母乳を与え、出勤の時は、ヨンミに頼んでミルクで授乳した。

ジュディは、抱っこが大好きでジーウが抱いている間はおとなしくしているものの、ベッドに寝かせると、直ぐ泣き出す始末。子供は皆同じなことは承知しているものの、やはり規格外の重さはこたえた。

それでもヨンミが育児を手伝ってくれるのは、大変ありがたく、感謝すべきものの、時々ヨンミの口から愚痴とも嘆きとも受けとれる言葉が出ることも、一度や二度ではなかった。〈あの子はまたシングルマザーになるのかい、今回はちゃんと結婚して、立派な家庭を築いてくれると思っていた矢先に……〉

ジーウは、そんなヨンミの独白を耳にし、仕事面でも悩みが多い中、かかるストレスでくじけそうになった。ある日、ヨンミと大喧嘩して、やり場のない不満を爆発させてしまった。

「お母さん、もういい、そんなに私のことが不満なら、早く韓国に帰って!!」

と思わず言ってしまった。ヨンミもたまりかねて、そのままカバンを持って家を飛び出し、成田空港へ向かおうとした。ジーウは、

「しまった。なんでオモニにあんな酷いことを言ったんだろう。私、どうかしてる。いけない」と思い、すぐに後を追って必死にヨンミを説得して連れ戻した。そんな時でも、ジュディの存在は大きな慰めになってくれた。

ジュディが生まれ、もう半年が過ぎていた。

まだ赤ちゃんだと言うのに、ジュディはそこかしこにダニエルの面影を残していて、ジーウの切ない心を幾度となく慰めてくれた。

エドワードは、大学の長期休暇を利用して、年に2回は来日し、そのたびにダニエルを見舞ったが、ある時、ジーウにこう言った。

「アメリカには良い病院や医者も多いので、ダニエルをアメリカに移送して治療して貰ったらどうかな?」

ジーウは、

「そうね。そういう考えもあるかも知れないけれど、ここの病院でもすごくよくやってくれているし、私の仕事やジュディのことも考えるとね……。それにアメリカまで移送となると、リスクも考慮しないとね……」

「そうだよね。やっぱりここで看てもらうのが一番だよね」

ジーウはダニエルのお見舞いに行く際に、必ずジュディを連れて行き、お父さんよ。『私のために早く目を覚ましてね』って言い聞かせると、不思議なほど落ち着いた様子でそれをマネして見せたのでジーウの勘は確信へと変わった。

また、ジーウからダニエルへは、

「あなたの娘よ。早く目を覚まして抱っこしてやって！」

と、繰り返し祈り続けた。

エドワードは何回か休暇を利用して日本に来て、必ずダニエルのお見舞いに訪れ、枕元で、

「早くルービックやりましょう！　大学卒業しちゃうよ！」

と涙ながらに耳元で語りかけた。

エドワードがジュディと会った最初、エドワードは照れくさそうに、それでいて興味津々の面持ちだったが、抱っこ好きのジュディは、エドワードに抱かれて嬉しいのか、ニコニコ微笑み、上機嫌だった。エドワードはそんなジュディを愛おしく思い、照れ隠しか、〈僕の抱っこの仕方うまいでしょう〉とジーウに自慢たらたらだった。

そんなある日、ジーウの元にダニエルの担当医から、〈ダニエルさんの足が少し動いた〉との連絡が入り、ジーウは急いで病院に駆け付けた。しかし、医者の話ではその日の

朝、1、2度足が少し動いたようではあったが、その後の動きは見られず、ジーウたちが帰ってからも全く動きはなかったそうだ。ジーウはがっかりしながらも〈もしかして回復の兆しかも?〉と思うにつけ、少しは希望の光が差し始めたような気持ちになった。家に帰ってヨンミに報告すると、ヨンミは、

「そうかい」

とだけ言って、喜ぶでもなく、悲しむでもない表情を浮かべた。

それからまた、1か月程したある日、また病院から緊急の連絡がジーウの元に入り、今度はダニエルの右手が、少し動いたとのことだったので、再び急いで駆け付けたものの、前回同様、それ以上の進展は何も見られなかった。

そして、あれから半月程した夜、ジーウは不思議な夢を見た。

エドワードが、

「次に来た時は、必ず3×3マスターだよ」

と涙まじりの小声でダニエルに語りかけ、三人で手を重ね、ガッツポーズをした。すると不思議なことにジーウとエドワードの涙が流れ落ちた先にある金の婚約指輪が、まるで生き物のようにキラキラ輝き始めたではないか、そしてその光はやがて部屋だけに留まらず、海に向かってどんどん強く、大きくなっていった。その時、ジーウの脳裏にある神話が蘇った。それは太古の昔、この地に伝わる竜神伝説だった。海を支配する竜神への敬意を忘れた人間への戒めから様々な災いがこの海で起こっていたことを思い出した。ジーウ

は咄嗟にダニエルの指から金の婚約指輪を抜き取り、病院下の浜辺へ下りていった。そして、身重にも拘わらず、胸まで静かに海に浸かると自分の指にダニエルの指輪を重ねて入れ、二人はかけがえのない夫婦で、一対一体であることを強く、竜神様に訴えた後、二つの金の指輪を海中に解き放ち、祈願した。

「どうか私の夫ダニエルをお許しください！　そして、彼を私の元に返してください」

と、地平線の彼方を見つめた後、何度も深くお辞儀をしてその場を離れた。

病室に戻り小一時間ほどした頃、奇跡が起きた。ダニエルが微笑みながらこちらを見ているではないか。

「ただいま！　今、帰ったよ！　ゴメンね、心配させちゃって」

ジーウの目からとめどなく流れる涙は金の指輪のように光り輝き眩しいほどだった。

「お帰りなさい！　貴方！　きっと帰ると信じてたわ」

「ありがとう！　さっきまで僕の周りに大きな竜がいて、どこへも行かせてもらえなかったんだよ。でも急に行っても良いよと言われたような気がして、気が付くともう竜はいなく、君の顔が目の前にあったんだ……」

ずっと夢を見てたんだよ、と言ってダニエルが何気なく掌から取り出したものを見て呆然とした。それは、さっきジーウが海の中で放った二人の金の婚約指輪だった。間違えるはずがない、その指輪の裏には二人のイニシャルＪＤがキラキラと輝くように刻まれていた。

次の日の早朝、ジーウが夢の余韻に浸っている時、病院から連絡が入った。今度は、ダニエルの状態がこれまでとは違った感じで、何か体内で変化が生じているのではないかという、医者から驚いた様子で電話があった。ジーウはとるものも取らず、ヨンミを起こし、ジュディを連れ、車を飛ばして病院に向かった。ベッドの周りでは、担当医と看護師がダニエルの瞳孔や脈を診たり、体を摩ったりしながら、

「ダニエルさん、ダニエルさん」

と何度も呼びかけていた。ジーウとジュディが来たのを見て看護師は、

「奥さんとお嬢さんが来ましたよ。ダニエルさん！」

と一段と声を大きくして呼びかけた。ジーウとジュディもベッド脇の椅子に座って、ダニエルの手や足を摩りながら、

「あなた、あなた」

と声を掛け続け、ダニエルの手を強く握った。自分がダニエルの手を取っていることを、ダニエルが無意識に感じているような〝何か〟がつないだ手から流れてくるような不思議な感覚だった。ジーウは、さらに、

「貴方、起きて、ねーお願い」

と哀願するように呼びかけた。

30分位経っただろうか、ジュディの、

「パパ、パパ」

と言う声に感応するかのように、ダニエルは体を大きく動かしたかと思うと、口を半開きにし、何か言おうとしているように見られた。そしてかすかに開けた目をジュディに向けて微笑んだように見えた。しかし、直ぐにまた眠りに落ちてしまった。

そんなダニエルの目から一筋の涙が頰を伝って流れた。ジュディは子供ながら、いとおしそうにその小さな手でダニエルから流れた涙を拭いながら、小さな額をダニエルの額に重ねた。

それからちょうど三日後、ダニエルは何事もなかったかのように、はっきりと意識を取り戻し、愛するジーウと初めて見る愛娘ジュディの元に奇跡の生還を果たしたのだった。

■第10章　生還、そして旅立ち

ダニエルは奇跡のカムバックを果たし、病院からお墨付きをもらって退院した後、ジーウが薦めるスポーツ科学療法の専門医のもとで毎日リハビリに励んでいた。専門医はスポーツ科学の権威で、人体に精通しているだけでなく、自然界から学び、採り入れた様々な動物の動きやポーズがあった。そのため、奇妙な動物の鳴きまね〈発声練習による心肺機能の向上〉から始まり、そのポーズや動きを真似る風変わりな治療が続いた。

中でも、ワニやカメレオンのポーズには股関節を中心に下半身強化の効き目があった。その甲斐あってか、以前よりずいぶん関節が柔らかくなり、下半身が飛躍的に回復していくのが分かった。

植物人間になっても不思議ではなかったが、さすがに2年間のブランクは大きく、いくら専門医のリハビリを受けているとはいえ、日常生活にはまだいくつかのハードルがあったので、ジーウは1年間休職することにして、その間、代理をジーナに託そうとしていた。

「ジーナ、詳細はこないだ説明した通り、悪いけど、1年間、代理をお願いできるかしら」ジーナは、待ってましたとばかり、

「大丈夫、何も心配いらないから、ダニエルとハネムーンの続きをしなさい」

「もう～、そんなのじゃないから。幹部としては、まじめに接してもらわないと困るんだからね。分かってるわね？」

「はいはい、社長様の仰せの通り、私ジーナは真面目に仕事に打ち込んで業績挽回に努めさせていただきますわ」

「分かってくれて、ありがとう。こんなこと頼めるのは貴方の他に世界中探しても誰もいないからね。感謝感激雨あられ」

「なんかその言い方ちょっと引っかかるわね。やけくそみたいな言い振りね。それが人にものを頼む時の態度かしらね？　まぁ、いいわ、許してあげる社長様……」

「もう！　ジーナったら……ほんとに憎たらしいわね…」

東京が大好きなジーナが二つ返事で引き受けてくれたお陰で、ジーウは失われていた時間を取り戻すかの様に、献身的なほどダニエルに尽くした。

早いもので、ジュディはもう2歳半になっていた。三人は初めての家族の温もりを感じながら、一家団欒を満喫していた。

レストランの様に大きなテーブルは席順がいつも決まっていて、ダニエルとジュディのペア。ジーウが割り込もうとすると、

「ママもいいでしょ？　たまには中に入れてくれる？」

するると、

「ママはいつもパパとベッドで寝てる！　だからダメ！」

おませなジュディにダニエルとジーウも唖然！　ダニエルが笑いをこらえている。

ダニエルは本当に幸せそうだった。もう会えないと思っていた最愛の娘を毎日その腕に抱き、病院での日々を取り戻すような幸せな毎日を送っていた。

そして、春には待望の伊勢神宮参拝に、ヨンミも誘い、家族全員で旅行をすることにした。ジーウは、あの時、ダニエルの件で年老いたオモニに必要以上にきつく当たった自分が許せず、情けなく、少しでも元気なうちに親孝行したいと思った。

旅行の数日前、シリコンバレーのIT企業に就職し、ディープラーニングを用いたAI開発に携わっているエドワードが、休暇を利用して10日ほど来日していたので、ジーウは家族全員で旅行に行こうと誘った。エドワードも行きたそうだったけれど、

「日本支社でテクニカルミーティングが開かれるんだ。折角の機会だからどうしても参加したいんだ。一緒に行けないけどゴメン！」

と自発的に仕事への意欲を見せたので、彼の気持ちを尊重し、全員での旅行は実現しなかった。

ジーウは少し会わないうちに成長した息子の姿を見てたくましく、嬉しい反面、自分の手から巣立っていく寂しさをも感じずにはいられなかった。

出発当日、ダニエルの車いすがすっぽり収まる大きめのバンを借り、家族四人で早朝の東京を出発した。首都高から眺める景色は薄紫色の夕映えのように美しく、ジーウはこれ

まで経験したことがない日常の幸せを実感していた。時間に余裕があると、こうも違うものなのか……都会で生き馬の目をも射貫く速さで毎日仕事に明け暮れていた自分には到底見えなかったものが、今はこうして見えてくるような気がした。

　一行は首都高から東名を乗り継ぎ、伊勢市にちょうど正午過ぎに到着した。

するとダニエルが、

「お腹減った〜、何か食べよう！　皆お腹すかない？」

「運転も、何もしてないのに、もうお腹減ったの？　なんか最近甘えん坊さんになってない？　ジュディの面倒よく見てくれているから仕方ないけど、ジュディと同じ子供みたいね……」

　すると、

「ママ！　パパはジュディと同じ子供じゃないんだよ。ジュディはあのお人形さんの様なお姉ちゃんだけど、パパはあそこにあるあのフィギュア（トイストーリー）と同じ、まだ子供なんだよ」

　ダニエルとジーウは顔を見合わせながら必至で笑いをこらえた。

「そうだね！　ジュディはお姉ちゃんだけど、ほんと、パパはまだ子供だね〜」

「君の言う通り、僕は君がいないとまだ日常生活もままならないから。でも、ジュディと同じように甘えん坊さんも悪くないよ、笑。今のうちにたっぷり甘えとこう！　君に甘えられることなんて、たぶん一生ないだろうからね。いつも負担ばかりかけて本当に申し訳ない。でもサーフィンはしたい。頑張って早く復帰できるようリハビリ頑張るのでもう少し待ってね」

「貴方の復帰は大歓迎だけど、海のサーフィンだけは厳禁！　お願いだから私とジュディのために諦めてね!!　ところでランチだけど、伊勢うどんはいかが？」

「それがいいわね」

はじめてヨンミが口を開いた。

「もっちりしていて太いうどんだけど、すぐ噛み切れるほど柔らかくて美味しいらしいよ。長くて、太くて、縁起が良くて、何か良いことありそうだね。貴方たちみたいに。笑」

「オモニったら～、さすが、ユーモアのセンスも洗練されてますこと。昔から旅行好きだったけど、『何処へ行きたい』と言えば、秘書がいろいろ調べてベストチョイスしてくれていたわね。でもオモニが行く旅行はいつも沢山の取り巻きが付いてるから自由行動は少なかったのよ。その点、今回はプライベートなお忍び旅行みたいなものなので、本当に自由で良かったわよね」

経理の子が教えてくれたお店で、おかげ横丁にある丸吉というお店に到着。

「さあ、みんなランチ休憩よ！　伊勢うどん食べて運気アップよ！　ダニエルはリハビリと運気を人一倍上げるために二つ注文しなさい！　そして、こないだ教えたようにさらに運気を高めるために、思いっきり音を出して、ズルズルすするように食べるのよ！　噛んじゃダメだからね。わかった？」

「こんなリハビリ聞いたことないよ、地獄の特訓みたい、ブツブツ。でもベッドサーフィンが待ってるからやる気が急に出てきたぞ～」

「ジュディもやるやる。パパと同じようにズルズルしたい」

「ダニエル、良かったわね。ジュディがいつも味方してくれて。そのうちジュディも加勢してくれるかもね……」。

「何か言った？　ジュディが何か？　ハハハハハ」

「何も言ってません。独り言です。でも全て貴方を愛してるからこそ。ジュディと仲良く頑張ってね」

「僕を愛してるなら、今晩どう？　僕はいつでもオッケー、すぐサーフボードに変身できるからね。ハハハハハ……」

「ダニエルさんや、年寄りがいることをお忘れなく、貴方たちは私とジュディのどちらも、どうせ聞こえないだろう、何も知らないと思ってるんでしょ？

ジュディなんか寝たふりして、さっきから薄目でじっと笑ってるわよ。この子は本当にスマートで感性が豊かな子だよ。二人の良いところばかり取ったね、特に韓進家のね。将来が楽しみだよ。わたしゃ、まだまだ死ねないね！（笑）」

四人は『丸吉』で楽しく、うるさく、うどんをズルズル大声で平らげた後、幸せいっぱいの気持ちで、五十鈴川を渡り、内宮に入った。五十鈴川を渡った瞬間からまるで空気が変わったように静けさに満ちていた。そして、神の領域にいることを実感した。四人は大きく深呼吸して新鮮な神の空気を胸いっぱいに吸い込み、神殿に手を合わせ祈願した四人は、日本と言う国の神の源に触れたように感じた。

その日の宿は、外宮近くの日本家屋が素晴らしい料理旅館で1日の疲れを取ることにした。露天風呂付き客室が4部屋もある、なんとも風情ある温泉宿はヨンミのリクエストでもあった。

持ってきたアカスリタオルで久しぶりにオモニの背中を流しながら、幼い頃の思い出が次から次へと思い出され、年老いて痩せたオモニの背中を見るたびに涙が溢れ、声が詰まりそうになったジーウにヨンミが、

「お前どうかしたのか？　とても静かだね？　運転疲れが出たのかえ？」

「なんでもないわ、久しぶりに温泉に浸かってオモニの背中を見てると昔を思い出して、お父さんが生きていればなぁ～、懐かしくなってね……」

「ああ、そうかい、そう言えば私も昔、亡くなったお父さんの背中をよく流してあげたんだよ、……同じだね。いつの世も皆……」

「オモニ、こないだは本当にゴメンね。私、きつく当たってしまって」

「そんなこと気にしてたら、ソウルからわざわざ来るもんかね」

ジーウがこらえ切れず、わあーっと大きな声で泣きだしたので、びっくりしたダニエルは隣の露天風呂から真っ裸のまま、まだ歩けないので畳を蛇のように必至の形相で這いながら助けにきた。向こうで水遊びをしていたジュディも泣きながら駆け寄ってきた。

「ジーウ！　オモニ！　大丈夫ですか？　誰か怪しい侵入者でも入ってきたんですか？もう、大丈夫ですよ！　私が来たから心配しないでくださいね」

　その蛇のような裸のへんてこな動きのダニエルを見たジーウとヨンミはもう死ぬほど可笑しく、笑いが止まらなくなってお風呂で溺れそうになった。

「そんなに笑わなくてもいいでしょ！　二人を心配して必至で駆けつけてきたのに…」

　ヨンミが、

「本当に良い人に巡り会ってお前は幸せだね」

「オモニ、ありがとう。やっとお母さんに親孝行ができて嬉しい」

　伊勢旅行から戻って3日目、天気も良かったので、ジーウ、ダニエル、ヨンミ、ジュディ、それにエドワードも一緒に、五人はマンションから近い港区立檜山公園に出掛けた。緑が多く、まさに都会のオアシスとも呼ぶべき公園だ。エドワードとジュディは手をつないだり、何かキャッキャッ言ったりしながら遊び戯れていたが、ジーウと車椅子のダニエルは、そんな二人の様子に、目を細め、見つめ合っては微笑んだ。ヨンミは、

「ああ、やっと私が望んでいた家族になったわ。良かった良かった。これでもう、思い残すことは何もない……」

　と独り言を何度も呟いた。

　伊勢詣でから帰ってきて、たっぷり英気を養い、2月ほど経った頃、ダニエルの身体に良い意味での異変が起きていた。これまでピクピクするものの、いっこうに動かせず可動

域が狭かった下半身の動きが足先から徐々に変化していくのが明らかだった。

ダニエルの必至のリハビリ努力もあるが、伊勢詣でのご利益があったのだろうか。

余りにもタイミングが合うので、むしろそう考える方が自然なくらいだった。

そういう訳でダニエルには悪いけど、ダニエルの身体の回復は、伊勢詣でによるものとして周囲には説明され、周囲もジーウのそつのない説明で疑いもなく素直に受け入れたので、とうとうダニエルは不貞腐れて、ジーウに悪態をつくようになったのも頷ける気がした。でもジーウはそれ以上にダニエルのコントロールが得意だった。

「ダニエル、あの時、貴方が私たちを必死になって這いながら助けにきてくれてなかったら、神様はこんなご利益をくれなかったと思うんだけど。違う？」

「そ、そ、それは確かに君の言う通りだと思う。あの時、とにかく、僕は必死だったからね。自分のことなんか忘れて君とオモニのことで頭がいっぱいだったんだ。もし、風呂場に誰かが乱入して、何かあったらと思うと自然に身体が動いたんだよ」

「そうね、もうその時から神様は貴方の味方をしていたのよ。だからこんなに回復が早いのも分かるでしょ？」

「そうだね。ほんと全て君の言う通りだね」

ご機嫌が直ったダニエルは子供のように無邪気に、素直な自分に戻り、またリハビリに専念したのだった。

そんなある日のこと、ダニエル家に一人のスーツ姿が似合う初老のアメリカ人男性が

やって来た。ダニエルは一瞬〈どこか見覚えのある顔だな〉と思ったが、すぐに記憶が戻って、

「フィルさんですよね」

と叫ぶように言った。

「そうです。よく覚えていてくれました。フィルです。お父さんから貴方のことを聞き、どうしても会いたいと思い、やってきました」

フィルは、アレン（ダニエルの父）の指示で一年の大半が海外暮らしをしていていたが、アレンの元会社役員で父が最も信頼を寄せる男だった。フィルは用件を忘れたかのように、しばらくぶりに再開した親しい友人のように、話しかけてくるではないか、風貌はいたって穏やか、カリフォルニアらしい西海岸の英語が故郷を思い出させたことは間違いなかった。

ジーウもしばらく世間話のような懐かしい会話に引き込まれ同席していた。

そんなフィルが突然、ダニエルの海での事故の話になった時、これまでの表情とはうってかわって険しい表情に変化したことをダニエルもジーウも見逃さなかった。そう、それはフィルがダニエルの祖父から仕事を任され、マウイ島に寄港した時の出来事だった。カリフォルニアンのフィルはレドンドビーチで生まれ育ち、サーフィンが大好きで、世界中の海でサーフィンを楽しんだ経験の持ち主だった。マウイはホノルル本島のノースショアなどに比べて、これと言ったビーチもなく、どちらかというと岩場の危険なサーフィンを

楽しむ連中が集まる場所だった。フィルも負けまいと、その場でサーフィンを一通り楽しみ、次の良い波を最後に引き上げようとして、一人、沖の深いポイントでサーフボードに跨ったままプカプカ浮いていた時だった。突然、左足に激痛が走ったかと思うと海底深くまで引きずり込まれようとした。

正体はサメだった。5メートル以上あるホオジロザメだった。遠のく意識の中、仲間たちの水上バイクが異変に気付き近づいてくる音にサメが反応したのか、体を反転して、まるで最初から決めていたかのようにフィルの左足を太ももからつま先まで一気に食いちぎると、何事もなかったかのようにグランブルーの海底に姿を消した。仲間たちに助けられた時のフィルは大海原に浮いた死んだ小魚のようだった。虫の息状態で緊急搬送され、命はかろうじて取り留めたものの、無惨な姿だった。そんな彼を最後まで支え、これまでと変わらず要職を与えたのがダニエルの祖父だった

「フィル！　これまで通りじゃ！　お前の好きなように世界を周り、世界の人々を助けるつもりで仕事に専念するのじゃ。他のことは何も考えるな！　全てわしにまかせろ！」

フィルを取り巻く環境は一変した。フィル自身でさえ人生の価値観が揺らぎ、変わらざるを得なかった。映画やドラマのように甘いシナリオは現実には用意されているわけがなく、これまで親しかった友人、そして家族さえ彼の元を去っていった。

フィルはある朝、リストカットしてマウイの海に身を投げたこともあったが、不思議なことに気が付けばビーチに横たわっていた。あとで聞いた話では、救い主はイルカだとい

う。傷が深くなかったことも幸いしたらしいが。

〈お前の人生はまだ終わってない！　命尽きるまで生きろ！　ということなのか？　まだ、死ぬには早いぞ！　と言われた気がした瞬間、フィルの脳裏に閃光が走ったように一筋の光が彼を未来へと導いた〉

フィルはまるで廃人から蘇ったように、生きる糧を得た敬虔な神父のように、祖父から言われた通り、世界中を航海しながら、仕事と病める人々の救済にあたった。

そして、アレンから海で事故に遭ったダニエルのことを聞いたフィルは自分のことの様に駆けつけてきたのだった。ダニエルの祖父が設立した会社（WorldDaniel：貿易業）は一旦廃業したが、経営状態が悪かったわけではなく、世界的な不況と戦争等によりフォースマジュール（契約不履行）で経営危機に陥ったにも拘らず、社員のリストラを一切行わず、さらには社員の借金返済をも肩代わりした後、自己破産したからである。

それ故、会社を愛し、会社の復活を望む社員が多く、その意志を継いでダニエルの父とフィルを始めとする元役員達が復活に向け水面下で10年以上も前から準備してきたお陰で、3年前から事業の再開を果たし、経営は順風満帆軌道に乗り、以前の規模にまで短期間で回復していた。

社長はダニエルの父、アレン。フィルが専務、ダニエルは役員だった。フィルは廃業後も要職当時に貯蓄していた資金を基に各国との関係を切らさず、さらにパイプを太くして、ダニエルの祖父の恩に報いたい一心で、不自由な身体をもろともせず世界中を飛び回り、いつでも再開できるよう人脈を築いていた。

フィルの人脈は多種多様、それはフィルの人柄と、苦労を苦労ともせず、人種の壁を越え、世界の人々と対等に付き合ってきたからこそできる特別な信頼関係が根底にあったからである。例えば、それは音楽や芸術の世界でも見られた。フィルが片足になって孤独に打ちひしがれていた頃、子供時代に習ったピアノを弾き始めたお陰で、話せない子供たちやその親たちとのコミュニケーションにも大いに発揮された。

それはある日、たまたま出かけたホノルルでの野外コンサート。有名オペラ歌手、サラブライトマン財団主催による子供向けの慈善コンサートだった。自閉症、失語症、視覚・聴覚障害者など社会生活には不向きなものの、天賦の才能を持った子供たちをたくさん輩出した財団だった。当日は子供同士のピアノ演奏と声楽による夕べのひと時がプログラムだったが、ペアとなる子供の突然の欠場で急遽、飛び入りで相手を務めることになった。プログラム終了後、去ろうとするフィルに両親たちからの強いリクエストで、その後もピアノによる司会進行を任されるなど、ひたむきに奉仕したことがきっかけで、サラとの友情が芽生え、その後大親友にまで発展するなど劇的な出会いを果した。

サラは言うまでもないが、オペラの域を超えた、オペラを新しい境地へと導いた先駆者として世界にその名が轟いていた。ノースショアでのコンサートもそうだった。古来から伝わったサーフィン。それにまつわる神々の様々なエピソード。シャークバイトもそのうちの一つ。シャークバイトには人々が感じる恐怖や不幸だけでなく、そこには神からのメッセージとして、重要な意味が隠されていた。人生を振り返り、想い返し、さらに強く生きるためのメッセージとして、神は時として人類に試練を与えてきた。太古の昔から生存するサメを神の使者としてフィルに伝えたのにも大いなる意味があったのだ。

ジーナに社長代行をたのんで、ちょうど1年が過ぎようとしていた。ダニエルの身体は見違えるように逞しく、事故によるリハビリとは到底思えないほどだった。以前よりもシャープで、別人に生まれ変わったようにさえ見えた。それは身体ばかりではない。むしろ精神面においての方が顕著だった。落ち着いた話しぶりに加え、言葉尻も柔らかく、相手を想う気持ちに溢れ、これほどまでに気持ちが伝わる話し手は他にいないだろう。

「ダニエル？　本当に貴方なの？　うそでしょ、Oh my god!! What's happened to you? Where is your second baby? Jiu? LOL」

相変わらず、うるさくて、陽気なジーナがダニエルの見違えるほど元気な姿を見て騒ぎ立てるシーンが面白く、1年ぶりに出社したジーウとダニエルの周りは社員たちであふれ、楽しそうな雰囲気に笑顔が絶えなかった。ジーナの機転で、二人の出社をセレブレートするために全社員には事前にアナウンスしていたので、当日は休業にして、復帰祝いの立食パーティーが準備されていた。挨拶は簡潔にジーウから、

「皆さんのお陰でダニエルはご覧の通り、以前よりも元気になったほどです。本当に信じられないくらい元気に。本当に、ありがとうございました」

ジーウは自ら深々とお辞儀をして全社員に感謝の意を伝えた。続いてダニエルから、

「この場に復帰できたことを皆さんに感謝いたします。意識のない植物人間だった私を毎週のように病院にお見舞いに来ていただき、励ましてくれたそうですね。お陰様で私は目覚め、リハビリも成功して、今ではこんなに元気です。愛する娘ジュディをこの腕に抱くこともできました。私は生まれ変わった今、この会社に全身全霊を注ぎ、皆様と仕事に没頭することを何よりも楽しみにしています」

統括役員から、

「僭越ながら、社長と副社長に代わり、皆様に是非ともお伝えしておかなければならないことがあります。照れているのか、恥ずかしがっているのか分かりませんが、ご本人たちの口からより、こういう事は他の者から伝えるべきかということで私からお伝えいたします。

お二人は、結婚式をお挙げになられます。25日クリスマス、六本木リッツカールトンで。考えてみれば、ちょうど2年前のご予定が、同じクリスマスの日に同じホテルで……」

ざわめきの後、周囲から、大きな拍手と、「おめでとう」の声が湧き挙がった。

先刻まで堂々としていたダニエルは、なにやらはにかんだ様子で顔を赤らめていた。ジーウは喜びの余りグラスのワインを一気に飲み干してジーナと何度もハグする始末。社員たちまで歓声を上げ、ガッツポーズする男性社員たちも、その隣ではいつの間にかカップルになったと思える営業課の田中君と経理課のスザンヌが喜びの余りハグしたりキスしたりしていた。

ひと月後のクリスマス。リッツカールトン。どこかで見覚えのある顔が受付にいた。フィルだった。フィルは自ら受付と式の進行役を申し出て、全権を任されていた。

招待された出席者には、J&J本社の幹部十名、その中には最近取締役に昇進したTと妻の亜希子それに生まれて10か月の可愛い女の赤ちゃん、ロス支店からジーナと恋人、さらに数名の幹部、J&J関連業界から十数名、その中にはイタリアとフランスの有名ブランドの社長級のVIP二名、ジーウの親族として、ヨンミ、兄ソンウ、兄嫁ヨンア、姪アンナ、日本で働いている甥テス、その他の親戚数名、それにハリスとミッシェルなど大勢が集まった。

韓国からの一行にジーウ、ダニエル、エドワード、ジュディを加えて、結婚式前夜にヨンミ主催の集いが同じホテルで開催された。ハングル、日本語、英語が飛び交う国際色豊かな会場で、参加者は賑やかで楽しいひと時を満喫した。

その中でもひときわ注目を浴びたのが、エドワードとダニエルのルービックキューブだった。エドワードが、

「ダニエルさん、覚えてるでしょ？　僕が教えた2×2と3×3」

すると、ダニエルが、

「ゴメンね！　エディー！　あの時、おじさんは意識がなく病床で2年も寝てたんだよ」

「そうだっけ？　そんなの理由にならないぜ！　だって、僕はおじさんに何度もコツを教

えてあげたんだよ。そしたら、おじさんは静かに黙っていたから。てっきり、僕はできるもんだと思ってたんだけど！　本当にできないの？　おじさんは嘘つきなんだね」

　二人を見守るように会場は笑いと拍手の渦に包まれ、和やかなムードで皆幸せそうだった。ダニエル、

「そうなんだよ。あの時コツを聞いたはずなんだけどちょっとメモするの忘れて寝ちゃったみたいだね。たしか、お母さんがメモを取ってくれていたと思うんだけどね。ジーウさん！　聞こえる？　あの時、エディーが死んだように眠っている僕の耳元で囁くような小さな声で教えてくれた2×2と3×3のコツ。メモってくれてるんでしょ？」

　ジーウとジュディが登場。

「ああ、あのメモね。覚えてるわよ。貴方が2年ぶりに目覚めた時、すぐに手渡したんだけど、覚えてないの？」

「ジュディは覚えてるよ。パパ寝てた」

「ううう…ちょっと……2年前のことだからね…」

　親子四人の微笑ましい漫才の様な会話に会場はまた大爆笑と大喝采!!

　挙式当日のクリスマス、朝から深々と降る雪に東京は5年ぶりに雪化粧。六本木リッツカールトンはその中でもひときわ美しかった。

　クリスマスソングが静かに流れ、チャペルでの挙式はいたって簡素（新郎新婦と子供の

み）ではあったが、ジーウとダニエルの服は違っていた。J&Jにふさわしく、全てオートクチュール。ジーナがイタリアの友人に協力を仰ぎ社内で製作したものだった。

J&Jのロゴが二人の胸元に美しくデザインされ、さり気なく飾られているのを見て、ひときわファッション関係者の目を引いた。式は粛々と行われ、最後の誓いのシーンを迎えようとしていた時だった。

フィルから心憎いばかりのサプライズが用意されていた。

なんとダニエルの父、アレンが神父として出席していたのだった。

ダニエルとジーウは予期していなかった感動と喜びに涙した。

フィルの紹介で、

「アレン神父は新郎ダニエルの父で、WorldDanielの社長です」

拍手が起こる。

「皆さん、事前の自己紹介もなく、このような形での登場、どうかお許しください。ダニエル家は代々、神父の家系で世界中の教会と結びつきがあり、とりわけバチカン市国との関係が深く、実は昨日、バチカンで行なわれた会議に出席のため、来日が難しい状況でしたが、こうして息子の挙式に神父として参加できることを感謝いたします。この場をお借りして恐縮ですが、どうか息子ダニエルのことをよろしくお願い致します」

思ってもみないサプライズに式場の出席者たちはスタンディングオベーションよろしく、拍手喝采、フィルのサプライズ第一弾は成功。いよいよ、誓いの儀式。アレン神父がダニ

エルに、

「汝は妻ジーウに永遠の愛を誓い、神に召されるまで、病める時も、健やかなる時も助け合うことをここに誓いますか？」

「ダニエル家の名の下、永遠に誓います。神様、私を再びこの世に戻して下さり、ありがとうございます」

アレンは静かに続けた、

「汝は夫ダニエルに永遠の愛を誓い、神に召されるまで、病める時も健やかなる時も助け合うことをここに誓いますか？」

ジーウ、

「誓います。神様、アレン神父様、夫ダニエルを私の元に返してくださり、心から感謝いたします」

二人の苦労を知る社員たちから涙声にまじり、小さな拍手が起こった後、続いて会場の全員から割れんばかりの拍手喝采が鳴り止まない中、二人は誓いのキスを何度も交わし、幸せをかみしめていた。

やがて、拍手が止み、式のフィナーレが近づいていた。

新郎新婦に続き、エドワードとジュディが仲良く手をつなぎ退場の合図を待っていた時、頭上から天使のような歌声が静かに、そして力強く降りてくるではないか……。

皆がふと上を見上げると、チャペルの頂上部に設けられた祭壇で唄っているシスティーナ礼拝堂の聖歌隊と一人の女性を発見した。女性はフィルの大親友サラだった。天使のような聖歌隊の声とサラの美声はチャペルいっぱいに澄み渡り、皆を高揚させ、その純白の美しさを永遠の尊さに変えた。

いよいよ、退場の時が来た。サラが唄うアベマリアを天にも昇る想いで聴きながら新郎新婦と子供たちは固く手をつなぎ、その後にヨンミが静かに微笑みながら見守るように続いて退場していった。

結婚式は日本式でも韓国式でもなくフリースタイルで行われた。

二人は手を組んで歩きながら、最初にジーウが声を掛けた

「ずっと貴方を探していたような気がする。だから二人の人生はこれからよ！

もう二度と私を一人にしないと誓って！　死ぬまで愛して！　Love me forever!!」

ダニエル、

「僕も同じさ。君を探して世界中を旅していたようなもんさ。I love you forever!! 僕たちの旅はこれからだよ！　もう二度と君を悲しませたり、一人になんかしないよ。だって、僕は君を愛し、守るために神様から遣わされた天使なんだからね。(笑)」

ジーウが、

「でも一度、竜神さまに捕まっていたけどね。(笑)」

「参ったな～。あれは神様のミスなんだよ……」

二人はぶつぶつ言いながらもキスを繰り返し、眩しい光の中へと消えていった……

完

著者プロフィール

ハン スージ (Susie Han)

韓国生まれ。アメリカ国籍。
武蔵野音楽大学に留学し器楽部卒業。
韓国檀国大学教育大学院で音楽教育を修了。
アメリカ大手金融会社プルデンシャルに勤務。
現在は日本に在住フリーターとして活躍。
著書に『献身』(2015年　文芸社)
『花畑の中の十字架:献身その2』(2019年　文芸社) がある。

さよならシアトル

2024年12月15日　初版第1刷発行

著　者　ハン スージ
発行者　瓜谷 綱延
発行所　株式会社文芸社
〒160-0022　東京都新宿区新宿1－10－1
電話　03-5369-3060（代表）
03-5369-2299（販売）

印　刷　株式会社文芸社
製本所　株式会社MOTOMURA

ISBN978-4-286-25949-9